D1263338

A merced del griego
Cathy Williams

Bianca®
HARLEQUIN®

Editado por HARLEQUIN IBÉRICA, S.A.
Hermosilla, 21
28001 Madrid

© 2006 Cathy Williams. Todos los derechos reservados.
A MERCED DEL GRIEGO, Nº 1719 - 13.12.06
Título original: At the Greek Tycoon's Bidding
Publicada originalmente por Mills & Boon®, Ltd., Londres.

I.S.B.N.: 84-671-4345-2
Depósito legal: B-43520-2006
Editor responsable: Luis Pugni
Composición: M.T. Color & Diseño, S.L.
C/. Colquide, 6 - portal 2-3º H, 28230 Las Rozas (Madrid)
Fotomecánica: PREIMPRESIÓN 2000
C/. Algorta, 33. 28019 Madrid
Impresión y encuadernación: LITOGRAFÍA ROSÉS, S.A.
C/. Energía, 11. 08850 Gavá (Barcelona)
Fecha impresion para Argentina: 11.6.07
Distribuidor exclusivo para España: LOGISTA
Distribuidor para México: CODIPLYRSA
Distribuidores para Argentina: interior, BERTRAN, S.A.C. Vélez Sársfield, 1950. Cap. Fed./ Buenos Aires y Gran Buenos Aires, VACCARO SÁNCHEZ y Cía, S.A.
Distribuidor para Chile: DISTRIBUIDORA ALFA, S.A.

Capítulo 1

THEO estaba leyendo un informe financiero cuando escuchó el ruido. El sonido recorrió los pasillos vacíos de las oficinas con estridente intensidad. Cualquier otra persona habría reaccionado sobresaltándose, o asustándose. A fin de cuentas, ya era tarde, e, incluso contando con vigilantes de seguridad, no había un solo edificio en Londres que pudiera considerarse seguro si había alguien empeñado en entrar en él. Pero no Theo Miquel. Sin molestarse en tomar algún objeto contundente con el que defenderse de un posible ataque, el ceño fruncido con gesto de impaciencia por haber tenido que interrumpir su trabajo, salió de su elegante despacho y encendió las luces del exterior.

Theo Miquel no era un hombre que huyera asustado de nada, y menos aún de un posible intruso tan patoso como para anunciar su llegada con aquel ruido.

No tardó mucho en deducir cómo se había producido el estrépito. En medio del pasillo había un carrito caído cuyo contenido se había dispersado a su alrededor; objetos de limpieza, un cepillo, una fregona... y un cubo de agua cuyo contenido estaba siendo lentamente absorbido por la moqueta que cubría el suelo de las oficinas.

Un instante después se oyeron unos precipitados pasos que precedieron a la llegada del guardia de seguridad, pero fue Theo el primero en agacharse junto a la chica que yacía en el suelo junto al carrito.

—Lo siento, señor —balbuceó Sid mientras Theo trataba de encontrar el pulso a la joven—. He venido lo antes que he podido... Ya puedo ocuparme de todo.

—Ocúpese de limpiar todo esto.

—Por supuesto, señor. Lo siento mucho... Parecía un poco pálida esta tarde cuando ha llegado, pero no sabía que...

—Deje de balbucear y recoja todo esto —ordenó Theo.

Al menos, la chica había tenido el detalle de no morirse en sus oficinas. Su pulso era firme y, aunque estuviera bastante pálida, respiraba. Se había desmayado... probablemente a causa de un embarazo. Era un síntoma de los tiempos que corrían.

Mientras se esforzaba por controlar su irritación, la tomó en brazos, ajeno a la expresión de preocupación del guardia de seguridad. Theo era apenas consciente de que sus empleados, fuera cual fuese su rango, lo trataban con cierta sumisión. Tampoco era consciente de que aquella sumisión rayaba en el miedo, de manera que se sintió exasperado cuando, al mirar al guardia de seguridad, vio que estaba retorciendo las manos con nerviosismo.

—Yo puedo ocuparme de ella, señor... No hace falta que se moleste...

—Asegúrese de que todo esto quede recogido y luego vuelva a su trabajo. Si lo necesito lo llamaré.

Aquella interrupción había sido una auténtica molestia. Eran más de las nueve de la noche del viernes y aún tenía medio informe que revisar antes de enviar por correo electrónico a su homólogo al otro lado del mundo la copia corregida para la reunión de alto nivel que tendrían el lunes.

Abrió la puerta de su despacho con el pie y dejó a la joven, que ya empezaba a moverse entre sus brazos, sobre el elegante y largo sofá que ocupaba una pared entera de la amplia habitación. El mobiliario, antiguo y escaso, era de gran calidad, las paredes estaban cubiertas de madera y los ventanales llegaban del suelo al techo.

Theo miró a la joven, que empezó a agitar las pestañas a la vez que recuperaba la conciencia.

Parecía bastante robusta bajo el peto azul de rayas blancas que vestía, que cubría una elección de ropa que Theo habría encontrado ofensiva en cualquier mujer. Un grueso jersey de un color marrón indiscriminado y unos vaqueros desgastados en el dobladillo cuyo mérito consistía en ocultar parcialmente unos gruesos zapatos de trabajo que habrían resultado más adecuados para un obrero de la construcción.

Esperó cruzado de brazos, informando a la joven con su lenguaje corporal que, a pesar de haberla rescatado, su caridad tenía un límite.

Mientras aguardaba con creciente impaciencia, detuvo la mirada en su rostro, en su pequeña y recta nariz, en su generosa boca, en sus cejas, sorprendentemente definidas y que no encajaban con el tupido pelo rizado que parecía empeñado en escapar de su coleta.

Pero cuando la joven abrió los ojos Theo experimentó una extraña sensación que no pudo definir. Tenía unos ojos asombrosos, del más puro e intenso azul. Entonces parpadeó, desorientada, y el momento se perdió mientras la realidad se imponía. La realidad de su trabajo interrumpido cuando apenas le quedaba tiempo para llevarlo a cabo.

–Al parecer se ha desmayado –informó a la joven mientras ésta trataba de sentarse.

Heather miró al hombre que se hallaba de pie ante ella y sintió que la garganta se le cerraba. Llevaba seis meses acudiendo a las seis y media de la tarde a sus oficinas para limpiar. Lo había observado de lejos con el rabillo del ojo mientras trabajaba en su despacho con la puerta abierta... aunque, por lo que había oído aquellos meses, muy pocos se habrían atrevido a asomarse a éste para iniciar una charla desenfadada con él. Ella misma no había podido evitar estremecerse ante su profunda y poderosa voz cuando le había oído dirigirse a alguno de sus empleados. Aquel hombre intimidaba a todo el mundo, pero para ella era el hombre más atractivo que había visto en su vida.

Los rasgos de su rostro eran fuertes, casi severos, pero poseía una belleza clásica muy masculina. Su pelo, negro como el azabache y peinado hacia atrás, se rizaba a la altura de su nuca y, aunque Heather nunca había tenido el valor de mirarlo directamente a los ojos, sabía que eran oscuros e insondables, y que estaban enmarcados por unas pestañas que muchas mujeres habrían querido poseer. Si hubiera trabajado directamente para él tal vez lo habría encontrado tan imponente como sus empleados, pero dado que no ejercía ninguna influencia sobre el curso de su vida, podía apreciarlo sin temor.

Además, ella no era una persona que se intimidara

con facilidad ante nadie. Su naturaleza era alegre y risueña y se consideraba igual a cualquiera, fuera cual fuese su estatus social y por muy arruinada que estuviera. Lo que contaba estaba dentro, no fuera.

Mientras Heather se preguntaba cómo habría acabado en aquel sofá, Theo se acercó al mueble bar y regresó con un pequeño vaso que contenía un líquido marrón.

—Beba un poco de esto.

Heather parpadeó.

—¿Qué es?

—Coñac.

—No puedo.

—¿Disculpe?

—No puedo. La empresa para la que trabajo no permite beber durante las horas de trabajo. Podrían despedirme y necesito el dinero.

Para Theo, aquello ya era demasiada información. Lo único que quería era que la joven tomara un poco de coñac para que se despejara y saliera de allí cuanto antes. Necesitaba tiempo para acabar lo que tenía entre manos si quería evitar una discusión con la última mujer con que estaba saliendo, cuya paciencia ya había sido puesta al límite por la frecuencia de la cancelación de sus citas.

—Beba —ordenó a la vez que acercaba el vaso a sus labios.

Heather obedeció, tomó un pequeño sorbo y se ruborizó con expresión culpable.

—¡Oh, vamos! —exclamó Theo—. ¡Acaba de desmayarse! Beber un poco de coñac no es vender su alma al diablo.

—Nunca me había desmayado —dijo Heather—.

Mamá solía decirme que no era de la clase de chicas que se desmayan fácilmente. Según ella, los desmayos eran para chicas subalimentadas, no para las regordetas como yo. Claire se desmayaba mucho mientras crecíamos. Bueno, no exactamente mucho, pero sí algunas veces. Lo que ya es bastante para...

Theo experimentó la sensación de estar siendo bombardeado por todos los frentes. Por unos instantes perdió literalmente el poder de la palabra.

–Puede que esté a punto de caer enferma con algo –continuó Heather con el ceño fruncido.

Esperaba sinceramente que no fuera así. No podía permitírselo. Su trabajo con la empresa de limpiezas era temporal y carecía de bajas. Y su trabajo como profesora ayudante en un colegio cercano al lugar en que vivía no le bastaba para llegar a fin de mes. Sintió que se ponía pálida.

Theo observó con fascinación la exteriorización de emociones del rostro de Heather antes de volver a acercar el vaso a sus labios.

–Le conviene beber un poco más para recuperar la energía.

Heather dio un trago más largo y sintió una agradable calidez en la boca del estómago.

–No me reconoce, ¿verdad?

–¿Reconocerla? ¿Por qué iba a reconocerla? Escuche, tengo mucho trabajo por delante. Puede permanecer en el sofá hasta que se sienta lo suficientemente fuerte como para salir, pero, si me disculpa, yo voy a seguir trabajando –Theo tuvo de pronto una idea brillante–. Si quiere puedo hacer que el guardia de seguridad venga a recogerla.

–Sid.

–¿Disculpe?

–El guardia de seguridad se llama Sid. ¿No debería saberlo? –preguntó Heather con curiosidad–. ¡Lleva trabajando para usted más de tres años!

Molesto por el tono acusador de su voz, Theo olvidó momentáneamente el informe que tenía sobre su escritorio.

–¿Acaso cree que debería saber el nombre de todos los guardas de seguridad que han trabajado aquí?

–¡Es usted quien los emplea!

–Empleo a mucha gente. Además, ésta es una conversación ridícula. Tengo mucho trabajo y...

–Y yo lo he interrumpido. Lo siento –Heather suspiró y sintió que sus ojos se llenaban de lágrimas al pensar que iba a perder su empleo si estaba mala. Estaban a mediados de enero y debía haber un millón de virus pululando por ahí.

–No estará a punto de llorar, ¿no? –Theo sacó un pañuelo del bolsillo trasero de su pantalón mientras maldecía el buen carácter que había demostrado llevando a aquella joven a su despacho. Una completa desconocida que parecía empeñada en parlotear con él como si no fuera un hombre importante... ¡un hombre cuyo tiempo valía mucho dinero!

–Lo siento –Heather tomó el pañuelo y se sonó la nariz, lo que hizo que volviera a sentirse mareada–. Puede que tenga hambre –añadió, pensando en alto.

Theo se pasó una mano por el pelo.

–¿Hambre? –repitió.

–La sensación de hambre a veces produce desmayos, ¿no? –preguntó Heather mientras lo miraba con expresión interrogante.

–Aún no he llegado a esa parte de mi curso de nu-

trición –dijo Theo en tono sarcástico, y Heather sonrió.

Fue una sonrisa que iluminó su rostro... y que podría haber iluminado todo el despacho. Theo se sintió
extrañamente satisfecho por haber provocado aquella
reacción. Con un suspiro resignado, decidió olvidar
por unos minutos su informe.

–Tengo que hacer una llamada –dijo a la vez que
se alejaba de la joven mientras sacaba su móvil–. Voy
a darle el teléfono inalámbrico para que pida algo de
comida.

–¡Oh, no! ¡No puedo pedir que me traigan comida
aquí! –Heather se estremeció ante la mera idea de tener que pagar.

–Puede y va a hacerlo –dijo Theo mientras le daba
el auricular–. Si tiene hambre debe comer algo, y yo
no tengo comida aquí. Así que encargue lo que
quiera. Llame al Savoy y dígales que llama de mi
parte. Le traerán lo que quiera.

–¿Al Savoy? –repitió Heather, consternada.

–A mi cargo, señorita… señorita… no sé cómo se
llama.

–Heather. Heather Rose –Heather sonrió tímidamente, maravillada ante la paciencia y consideración
de Theo, sobre todo teniendo en cuenta la fama que
tenía de asustar a la gente.

Llamó al Savoy y tras colgar escuchó el rumor de
la conversación que Theo estaba manteniendo a través de su móvil, una conversación que era evidente
que no quería que escuchara. En cuanto oyó que ter-
minaba se volvió hacia él con expresión afligida.

–He estropeado su plan para esta noche, ¿verdad?
Enseguida notó que su comentario no había caído

en tierra fértil. Era obvio que su tendencia a decir de inmediato lo que se le pasaba por la cabeza no era del agrado de Theo Miquel.

–No importa –murmuró él con un encogimiento de hombros–. De todos modos no habría podido ir –aunque Claudia no había compartido su punto de vista. De hecho, aún le pitaban los oídos a causa de la violencia con que le había colgado el teléfono. Pero no podía culparla por ello. Se consoló pensando que cuando una mujer empezaba a ponerse exigente había llegado el momento de dejarla. Aunque en aquella ocasión había sido ella quien lo había dejado a él...

–¿Era importante? –preguntó Heather, preocupada.

–Lo único importante es el informe que tengo sobre el escritorio y que necesito leer, así que, si no le importa...

Theo casi esperaba que Heather se lanzara de nuevo a hablar, pero comprobó con alivio que permanecía en silencio mientras él trataba de concentrarse en el informe... sin ningún éxito.

Para cuando llegó la comida ya había abandonado toda esperanza de acabar el informe, al menos hasta que Heather se hubiera ido de su despacho.

–¿Por qué no ha comido antes? –preguntó al ver que Heather engullía un sándwich con el ansia de alguien que acabara de salir de una dieta para perder peso.

–No hace falta que me dé conversación –dijo Heather mientras se abalanzaba sobre el segundo sándwich–. Sé que tiene mucho trabajo entre manos. Estos sándwiches están buenísimos, por cierto.

–Seguiré trabajando en cuanto se haya ido.

–Oh, ya me siento mejor. Más vale que termine lo que he venido a hacer.

–No creo que eso sea buena idea. Podría volver a desmayarse.

–¿Le preocupa que pueda causarle más problemas?

Theo no respondió. Se sentía hipnotizado por la visión de una mujer comiendo tanto. A juzgar por las mujeres que conocía, comer se estaba convirtiendo en un arte en extinción. Normalmente mordisqueaban una ensalada o jugueteaban con la comida en sus platos como si una caloría de más pudiera provocarles una repentina obesidad.

–Tengo hambre –dijo Heather a la defensiva–. Normalmente hago comidas muy ligeras. De hecho, debería estar muy delgada. Pero mi metabolismo es muy testarudo y se niega a hacer su trabajo.

–¿Cómo se llama la empresa para la que trabaja? Voy a llamarlos para decir que no se encuentra en condiciones de seguir trabajando –Theo alargó una mano hacia el teléfono, pero de detuvo al escuchar el repentino grito de pánico de Heather.

–¡No, por favor! No puedo permitirme volver a casa por un simple desmayo –angustiada por su situación, Heather bajó rápidamente las piernas del sofá. De pronto, liberada de su aturdimiento, se dio cuenta de que no debía tener un aspecto precisamente atractivo. Tenía el pelo hecho un asco y el peto que vestía debía ser la prenda menos halagadora inventada por el hombre. No proyectaba precisamente la imagen de una dama en apuros. Pasó tímidamente una mano por su pelo en busca de la goma que sujetaba su coleta y trató de recolocar los rebeldes rizos empeñados en escapar de ésta–. Deme un minuto y enseguida me voy –tras respirar profundamente se puso en pie... pero tuvo que volver a sentarse de inmediato. Miró a Theo con expresión abatida–. Tal vez necesite algunos minutos. Pero puedo esperar fuera. No me importa sentarme en el suelo hasta que me recupere. En serio. No sé qué me pasa, pero seguro que...

–¿Está embarazada? –pregunto Theo con brusquedad.

Heather lo miró con expresión horrorizada.

–¿Embarazada? ¡Por supuesto que no estoy embarazada! ¿Por qué ha pensado eso? Oh... ya sé por qué. Soy joven, me he desmayado, me dedico a un trabajo manual... y por tanto debo ser una de esas chicas carentes de seso que se las arreglan para quedarse embarazadas...

–Ése no es el motivo por el que lo he sugerido –mintió Theo, incómodo por la precisión del comentario de Heather.

–Entonces... –Heather se ruborizó intensamente cuando otra posibilidad pasó por su cabeza–. Lo dice porque estoy gorda, ¿verdad?

No queriendo alentar aquel tema de conversación, y seriamente preocupado ante la posibilidad de que librarse de aquella chica fuera a resultar más difícil de lo que había anticipado, Theo decidió cambiar de tema.

–No puedo permitir que vuelva a desmayarse en mis oficinas –se acercó a Heather para leer la etiqueta cosida a la parte frontal de su peto. Notó distraídamente que era cierto que estaba llenita. Sus pechos presionaban contra la rígida tela vaquera y parecían bastante voluminosos. En muchos aspectos, era la antítesis física de las mujeres con que solía salir, que casi siempre eran morenas, de piernas largas, planas y ultra sofisticadas–. Servicios de Limpieza Hills –murmuró para sí–. ¿Cuál es el número de teléfono?

Heather se lo dio, reacia, y esperó con el corazón en vilo mientras Theo hacía la llamada y explicaba la situación a su jefe.

–Me han despedido, ¿verdad? –dijo en tono sombrío en cuanto Theo colgó.

–Al parecer ha habido otros dos incidentes recientemente...

–Ésta es la primera vez que me desmayo –explicó Heather a toda prisa, temiendo que Theo fuera a pensar que era una de esas patéticas mujeres incapaces de cuidar de sí mismas–. Aún no me ha contado lo que le han dicho.

–Creía que acababa de hacerlo... de un modo indirecto –no era habitual que Theo dijera algo con rodeos, pero lo cierto era que empezaba a sentir lástima por aquella mujer. Estaba un poco gorda, no parecía especialmente segura de sí misma y era evidente que no estaba preparada para llevar a cabo otro trabajo. Y gracias a él iba a tener que buscarse un nuevo empleo. Sintió una punzada de culpabilidad, algo poco habitual en él–. Parecen considerarla un... lastre para la compañía.

–Tonterías –dijo Heather–. No soy ningún lastre. Admito que me he quedado un par de veces dormida en casa al volver del trabajo. Sólo pretendía descansar un poco mientras tomaba un té, pero ya sabe lo que pasa... Me quedé adormecida y para cuando desperté ya era tarde para hacer el trabajo de limpieza.

—¿Tiene dos trabajos? —preguntó Theo, asombrado.

—Sé que pensaba que estaba haciendo lo correcto, y comprendo que no quisiera correr el riesgo de que volviera a desmayarme aquí, cosa que no habría sucedido, por cierto... pero gracias a usted me he quedado sin empleo. Probablemente ni siquiera me pagarán la hora y media que he estado aquí —Heather contempló con desaliento el abismo de inminente pobreza al que se enfrentaba. Por supuesto, había otros trabajos nocturnos. Tom la emplearía sin dudarlo en su pub. Pero el trabajo en un pub era extenuante. Al menos, con su trabajo de limpieza podía permitir que su mente volara a la tierra de fantasía en que completaba el curso de ilustración que pretendía hacer y se convertía en una famosa diseñadora de portadas de libros para niños.

—¿Cuál es su trabajo de día? —preguntó Theo con curiosidad. En realidad no estaba interesado en escuchar los detalles de su vida, pero unos minutos de charla no iban a matarlo y servirían para que Heather se hiciera a la idea de lo sucedido.

—Soy profesora ayudante en una escuela que hay cerca de mi casa —contestó ella débilmente.

—¿Profesora ayudante?

La expresión incrédula de Theo hizo sonreír a Heather. Podría haberse sentido fácilmente ofendida por el insulto implícito, pero sabía que, desde la cima de poder que ocupaba, Theo habría asumido que el hecho de que se dedicara a limpiar implicaba que era incapaz de conseguir mucho más... al igual que había

asumido que su desmayo se había debido a un embarazo.

–Lo sé. Es increíble, ¿verdad? –replicó, recuperando en parte el ánimo.

–¿Por qué se dedica a limpiar oficinas si tiene un
trabajo perfectamente viable?

–Porque con mi trabajo «perfectamente viable» apenas gano dinero para pagar la renta y los recibos y
necesito ahorrar para seguir adelante con mis estudios. Dejé de estudiar siendo bastante joven. A los
dieciséis años. No sé por qué, pero todos mis amigos
estaban haciendo lo mismo: dejar sus estudios para
ponerse a trabajar. En aquel momento me pareció
buena idea, y ganar dinero era un lujo en el pueblo de
Yorkshire del que vengo. Así pude ayudar a mi madre, algo que Claire no podía permitirse porque quería ir a Londres para ser actriz...

–¿Claire...?

–Mi hermana. La chica delgada y preciosa que he
mencionado antes –los ojos de Heather se empañaron
a causa del orgullo–. Tiene el pelo largo y rubio, los
ojos grandes y verdes... Necesitaba todo el dinero
que mi madre pudiera conseguir para iniciar su carrera...

Aquella mujer era un libro abierto, pensó Theo.
¿No le habría dicho nadie nunca que el atractivo del
sexo femenino residía en su habilidad para mostrarse misterioso, para estimular la caza dejando
caer fragmentos de información aquí y allá? Su
franqueza era increíble. En aquellos momentos le
estaba contando todo sobre su hermana y la fabu-
losa carrera que había emprendido al otro lado del
Atlántico, donde estaba trabajando de modelo a la

vez que empezaba a interpretar pequeños papeles en algunas comedias.

Alzó una mano para interrumpirla... y tuvo que hacer un esfuerzo para conservar su dureza ante el repentino rubor que cubrió las mejillas de Heather.

–Parece completamente recuperada –dijo–. Siento mucho que haya perdido su trabajo con la empresa de limpiezas, pero probablemente sea lo mejor si no se encuentra en buenas condiciones físicas –Theo se levantó y esperó a que Heather hiciera lo mismo. Al verla de pie comprobó que era más pequeña de lo que había imaginado; como mucho debía medir un metro sesenta y cinco.

–Puede que tenga razón. Supongo que no me quedará más remedio que trabajar para Tom. A él no le importará que me duerma de vez en cuando. Le caigo bien, y me pagará mientras le de lo que quiere...

Theo se detuvo en seco con la mano en el pomo de la puerta mientras Heather salía del despacho, ajena a su expresión horrorizada. Optimista como siempre, ya estaba sopesando las ventajas de un trabajo que unos momentos antes había descartado por completo. Para empezar, el pub quedaba cerca de su casa, de manera que no necesitaría gastar dinero en transporte. Además, si algún día se quedaba dormida, Tom sería mucho menos severo que el jefe de personal de la empresa de limpiezas. Y, tal vez, sólo tal vez, podía dejar caer el nombre del pub en aquella conversación y sugerir casualmente que Theo pasara por allí algún día.

Pero cuando abrió la boca para decir aquello descubrió que estaba caminando sola hacia el ascensor. Theo aún seguía junto a la puerta del despacho y la estaba mirando como si acabara de descubrir que era una alienígena, o algo parecido.

Tontamente decepcionada al ver que ni siquiera iba a acompañarla hasta el ascensor, sonrió y le dedicó un saludo con la mano.

–Gracias por haber sido tan amable y por haberme cuidado. ¡Ya me voy!

Theo no sabía cómo se las había arreglado para liarse con las preocupaciones de una perfecta desconocida, pero, ya que había sido en parte la causa de su despido, se sentía moralmente obligado a cuestionar la decisión de Heather de aceptar un trabajo que parecía muy poco recomendable. ¿Quién sería el tal Tom? Probablemente un viejo verde que pensaba que podía pagar por los «servicios» de una joven ingenua desesperada por ganar dinero. Y no había duda de que Heather era una ingenua. Theo no recordaba haber conocido a nadie tan cándido.

–Deme un momento –volvió al despacho, apagó el ordenador, tomó su abrigo, su portátil y su cartera y salió tras apagar la luz.

Heather aún estaba junto al ascensor.

–¿Se va? –preguntó, desconcertada–. No suele marcharse tan temprano.

Theo se quedó mirándola.

–¿Sabe a qué hora suelo irme por las tardes? –preguntó mientras bajaban en el ascensor.

Heather se ruborizó.

–¡No! Lo que sé es que normalmente se va cuando he terminado de limpiar los despachos de la mayoría de los directores –rió con ligereza mientras se abrían las puertas del ascensor–. Cuando uno hace algo tan monótono como limpiar empieza a prestar atención a los detalles más tontos. Sé que normalmente usted es el último en irse por las tardes, junto con Jimmy y otro par de empleados que trabajan en el piso de abajo –más le valía cambiar de tema, pensó. Estaba empezando a sonar triste–. Los sándwiches me han sentado de maravilla. Me siento muy bien. ¿Suele encargar a menudo comida en el Savoy? –miró de reojo a Theo y comprobó que la estaba observando con una expresión muy extraña–. Lo siento. Estoy parloteando demasiado. ¿Tiene algún plan para esta noche?

–Sólo llevarla a su casa.

Heather se quedó boquiabierta.

–¿Se ha quedado muda? –dijo Theo en tono irónico–. Eso debe ser toda una novedad.

–¿Va a llevarme a casa? –Heather ya empezaba a sentirse culpable–. No, por favor. No es necesario que se moleste–apoyó la mano instintivamente en el brazo de Theo mientras salían del ascensor, pero el contacto le produjo un inmediato cosquilleo por todo el cuerpo y la retiró de inmediato–. No soy tan débil como parece pensar. ¿No deduce por mi contorno que soy una chica fuerte? –rió en tono de autodesprecio, pero él ni siquiera esbozó una sonrisa.

Theo no era un hombre acostumbrado a profundizar en la psique femenina. Siempre se había ufanado de saber cómo funcionaban las mujeres. Expresaban su interés de cierto modo, bajando la mirada, sonriendo coquetamente, inclinando la cabeza, y luego venía el juego del escondite, un juego del que él disfrutaba enormemente. Sólo después empeoraban las cosas, cuando empezaban a hacer preguntas sobre el tiempo que dedicaba a su trabajo, insinuando que se divertiría más si les prestara más atención, porque, después de todo, ¿no era eso en lo que consistían las relaciones? Se empeñaban en desarrollar una relación con él, en tratar de que se comprometiera. La inseguridad jamás alcanzaba sus cabezas, aunque lo cierto era que ninguna de ellas había tenido nunca motivos para sentirse inseguras.

Pero aquella chica tenía inseguridades respecto a su peso y sólo el cielo sabía sobre qué más. Inseguridades que la habían convertido en la clase de mujer crédula que podía verse equivocadamente tentada por un hombre.

—Póngase el abrigo —dijo—. Voy a llevarla a comer algo.

Capítulo 2

THEO tenía un chófer permanentemente a su disposición. Unos momentos después de que realizara una breve llamada desde su móvil, un elegante Mercedes se detuvo ante la entrada del edificio.

Heather estaba asegurándole que no necesitaba que la llevara a comer, sobre todo teniendo en cuenta que acababa de comer varios sándwiches.

Theo le hizo entrar en el coche y a continuación se sentó a su lado.

—Es muy amable por su parte, señor Miquel...

—Teniendo en cuenta que te has desmayado ante mi puerta, por expresarlo de algún modo, creo que podemos tutearnos.

—De acuerdo. Pero sigo sin necesitar que me lleves a ningún sitio. No tienes por qué sentirte responsable de mí, aunque agradezco mucho tu ayuda...

Theo se volvió a mirarla.

—No recuerdo la última vez que una mujer rechazó mi invitación a cenar de forma tan clara.

Heather bajó la mirada, avergonzada.

—No estoy adecuadamente vestida para ir a cenar.

—No, desde luego, pero estoy seguro de que a Henri no le importará.

—¿Henri? —de manera que Theo estaba de acuerdo

en que tenía un aspecto horrible, pensó Heather, decepcionada a pesar de sí misma. Su nivel de éxito con el sexo opuesto nunca había sido tan deslumbrante. Al menos en lo referente al aspecto sexual. Había crecido a la sombra de su preciosa hermana y desde muy joven se había acostumbrado a ocupar un segundo puesto. Sus mejores amigos siempre habían sido chicos, pero éstos se quedaban embelesados con Claire. Pero aquello era simplemente la vida, y ella nunca se había dejado deprimir por ello.

Pero en aquellos momentos se estaba deprimiendo.

—El propietario de un pequeño restaurante francés al que suelo acudir a menudo —explicó Theo—. Hace tiempo que nos conocemos.

—Ah, sí. ¿Y cómo os conocisteis? —preguntó Heather mientras se preguntaba si podría tratar de hacer algo con su pelo en el baño del restaurante.

—Lo ayudé hace mucho tiempo. Financié el restaurante que quería abrir.

—¡Sabía que tenías un lado bueno! —exclamó Heather impulsivamente.

—Fue un buen negocio —corrigió Theo, que se sentía incómodo con aquella imagen del «lado bueno»—. Para que no prospere el mito, te aclararé que gané bastante dinero con el trato.

—Estoy segura de que habrías ayudado a tu amigo aunque no hubieras esperado ganar dinero. Supongo que de eso trata la amistad, ¿no?

—Lo cierto es que no he pensado mucho en ello —dijo Theo en tono indiferente—. Ya hemos llegado —añadió mientras el chófer reducía la marcha.

Heather comprobó de una mirada que se trataba

de uno de aquellos restaurantes chic a los que acudía la gente moderna.

Gimió en alto y dedicó a Theo una mirada desesperada.

—No puedo entrar ahí.

—¿Por qué no? —preguntó él, irritado. Empezaba a preguntarse qué demoníaco impulso lo había llevado a invitar a aquella chiflada a cenar. Le habían preocupado los comentarios que había hecho sobre su futuro trabajo en el pub, desde luego, pero, ¿acaso era asunto suyo? Los adultos elegían lo que querían hacer con sus vidas...

—¡Mírame! —exclamó Heather, ruborizada a causa del pánico.

Theo la miró.

—Nadie te prestará la más mínima atención —aquello fue lo mejor que se le ocurrió para consolarla sin tener que recurrir a mentir.

—¡Todo el mundo va a mirarme! —exclamó Heather.

Tras detener el coche, el chófer bajó para abrir la puerta de Heather.

Junto a Theo, Heather se sintió aún más avergonzada. Alzó hacia él una mirada implorante y Theo movió la cabeza con impaciencia.

—Eres demasiado consciente de tu aspecto.

—Para ti es fácil decirlo porque tienes la suerte de tener un aspecto fantástico —protestó ella.

—¿Siempre dices lo que piensas? —preguntó Theo, ligeramente sorprendido por su franqueza.

Heather ignoró la pregunta. Estaba demasiado ocupada haciéndose la remolona. Theo tuvo que empujarla hacia la puerta para que se animara a entrar.

Posiblemente él no notó nada, pero ella sí. Todos los rostros se volvieron hacia ellos. Heather estaba segura de que las mujeres se rieron de ella antes de disfrutar de la visión del hombre que la acompañaba.

Los hombres la miraron con desprecio y luego miraron a Theo, preguntándose si deberían reconocerlo. Heather se sintió peor que invisible y bajó la mirada.

–Aquélla es nuestra mesa –murmuró Theo–. ¿Quieres que te guíe o estás preparada para alzar la mirada y caminar hasta ella sin ayuda?

–Muy gracioso –replicó Heather–. ¿Has notado cómo me mira todo el mundo preguntándose qué diablos hago aquí?

–Nadie te está mirando.

–Estaban mirándome –dijo Heather mientras alcanzaba su silla y se sentaba en ella con un suspiro de alivio.

–Tu madre no debería haber permitido que tus complejos respecto a tu hermana se le fueran de las manos –Theo tomó el menú de la mesa y lo miró sin mayor interés.

Heather se inclinó hacia delante en la mesa.

–Mi madre no tuvo la culpa de dar a luz un cisne y un patito feo.

–De acuerdo, pero, ¿es consciente de que te comparas constantemente con tu hermana?

–Mamá murió hace siete años –Heather esperó a que Theo hiciera algún comentario educado al respecto, pero él se limitó a mirarla y a asentir brevemente–. Pasó dos años enferma antes de morir. Por eso no terminé mis estudios. Necesitaba trabajar.

–¿Y a qué se dedicaba tu hermana?

–Claire estaba en Londres, siguiendo un curso de

interpretación y trabajando esporádicamente como camarera.

–¿Y no heredaste nada que pudiera ayudarte a seguir adelante con tus ambiciones?

Antes de que Heather respondiera, Theo pidió al camarero una botella de vino y el pescado del día. Ella pidió lo mismo.

–Claire necesitaba lo poco que quedó más que yo. Prometió que cuando triunfara me devolvería el dinero, aunque eso nunca me importó. Mamá ya no estaba y no me preocupé en dividir lo que nos dejó, que tampoco era mucho.

–¿Y tu hermana ha triunfado? –preguntó Theo, consciente de la respuesta que iba a recibir.

No fue ninguna sorpresa descubrir que los sueños de estrellato languidecían al otro lado del Atlántico. Tampoco fue ninguna sorpresa descubrir que el dinero no había regresado nunca a manos de su dueña original, que parecía asombrosamente satisfecha con la situación.

–¿Y no te importa compararte desfavorablemente con alguien cuyo único derecho a la fama reside al parecer en su aspecto?

–Claire también es una persona muy cálida –protestó Heather con vehemencia. «Sobre todo cuando consigue lo que quiere», añadió para sí. Su egoísmo siempre le había producido una extraña mezcla de furia y ternura, pero siempre le había costado enfadarse con ella–. En cualquier caso, no me comparo con Claire. Simplemente la admiro. ¿Tú no tienes hermanos con los que compararte?

–No tengo hermanos –dijo Theo en un tono que no invitaba a mayores indagaciones sobre su vida personal, pero Heather se limitó a mirarlo pensativamente.

–Eso es muy triste. Ya sé que Claire no vive aquí, pero es agradable saber que está conmigo en espíritu... por expresarlo de algún modo. ¿Y tus padres? ¿Dónde viven? ¿Aquí? Deben estar muy orgullosos de ti, de tu éxito...

Las mujeres no solían sonsacar información a Theo sobre su vida personal. De hecho, sabían cuándo dejar de hacerlo sin necesidad de que se lo dijeran. Theo las invitaba a beber y a comer y las trataba con extravagantes detalles que estaban fuera del alcance de la mayoría de las personas. A cambio pedía unas relaciones sin complicaciones.

Pero Heather no parecía tener los instintos adecuados en aquel aspecto. De hecho, en aquellos momentos lo estaba mirando con el entusiasmo de un cachorrillo esperando un premio.

Theo pensó que era una suerte que no le interesara sexualmente. Estaba convencido de que si ofrecía a las mujeres demasiada información personal corría el riesgo de engendrar en ellas ilusiones de permanencia. Creían que se habían metido de algún modo bajo su piel y que por tanto tenían derecho a un asalto en plena regla.

Pero ya que aquella mujer no encajaba en la categoría, no sucumbió de inmediato al instinto de cerrarse en banda.

–Mi padre murió cuando yo aún era un niño y mi madre no vive aquí. Vive en Grecia.

–Qué, por supuesto, es de donde eres.

Theo se permitió una ligera sonrisa.

–¿Por qué «por supuesto»?

–El tópico dice que los hombres griegos son altos, morenos y atractivos –Heather sonrió ante la desconcertada expresión de Theo–. ¿Tu madre viene a visitarte a menudo?

–Haces muchas preguntas.

Su comida llegó en aquel momento y el camarero rellenó sus vasos. Ya que no estaba trabajando, Heather no sentía ningún reparo a la hora de beber un poco.

–La gente tiene historias interesantes. ¿Cómo puede enterarse uno de ellas sin hacer preguntas? –el apetito de Heather, supuestamente saciado tras los sándwiches, revivió. No pensaba comérselo todo, desde luego, pero tampoco acudía precisamente a menudo a restaurantes de aquel calibre, y habría resultado grosero no comer nada–. Así que, ¿viene a menudo? –insistió.

–¿De qué estás hablando?

–De tu madre. ¿Suele venir a visitarte?

Theo movió la cabeza, exasperado.

–Ocasionalmente. Suele venir a mi casa de campo, y cuando lo hace yo me traslado a Londres. Mi madre odia la ciudad. De hecho, nunca ha venido aquí. ¿Satisfecha?

Heather asintió. «De momento», habría querido decir, pero entonces recordó que ya no habría más momentos, que sólo estaba allí porque Theo se sentía culpable por el hecho de que hubiera perdido su trabajo de limpiadora. Lo que le hizo volver repentinamente a la realidad y recordar que necesitaba urgentemente más ingresos. Dejó el cuchillo y el tenedor sobre su plato a medio terminar y apoyó la barbilla en una mano.

–¿Has terminado? –preguntó Theo, asombrado.

Heather se sintió dolida. A través del escudo de su risueño temperamento tuvo de repente una deprimente visión de otra realidad. Mientras ella alimentaba agradables fantasías sobre aquel hombre alto y agresivamente atractivo, mientras siempre se había asegurado de dejar bien limpio su suelo cuando sabía que andaba por allí, lo más probable era que él ni siquiera se hubiera fijado una sola vez en ella; no la habría reconocido ni aunque se hubieran encontrado a solas en una isla desierta.

–¿Acaso creías que iba a seguir comiendo hasta explotar? –preguntó con más brusquedad de la que pretendía, pero suavizó su respuesta con una sonrisa–. Lo siento. Estaba pensando en qué voy a hacer ahora que ya no tengo el trabajo de las tardes.

–No puedo creer que realmente necesites dos trabajos para sobrevivir. ¿No podrías prescindir de un par de lujos para llegar a fin de mes?

La cálida risa de Heather hizo que varios comensales volvieran la cabeza en su dirección.

–Está claro que no vives en el mundo real, Theo. No tengo «lujos» de los que prescindir. Mis amigos vienen a casa, vemos la tele y bebemos un par de botellas de vino los sábados, y en verano vamos de picnic al parque. Apenas voy al cine, al teatro o a restaurantes –Heather hizo caso omiso de la expresión crecientemente horrorizada de Theo cuando añadió–: Además, prefiero ahorrar para mis estudios que gastarme el dinero en ropa y salidas.

–Y yo que pensaba que la temeridad y la juventud iban unidos... –dijo Theo, que se dio cuenta con sorpresa de que se estaba divirtiendo. No era la clase de diversión de la que solía disfrutar en compañía de una mujer, pero se sentía vivificado.

Heather se encogió de hombros.

–Puede que sea así... cuando uno puede permitirse un estilo de vida temerario. Pero yo no soy precisamente temeraria.

–En ese caso, tal vez deberías replantearte tu trabajo con ese hombre...

–¿Con Tom? –Heather miró a Theo con expresión sorprendida–. ¿Qué tiene de temerario trabajar tras la barra de un bar algunas noches por semana? Mientras me ría y charle con los clientes, Tom estará más que contento conmigo.

Theo bajó la mirada y se replanteó sus suposiciones originales, que le parecieron ridículas después de lo que acababa de escuchar.

–¿Son muchas horas de trabajo?

–Muchas y agotadoras. Ése es el motivo por el que rechacé el trabajo hace unos meses. Pero la necesidad es la necesidad. No hay muchos trabajos nocturnos aptos para chicas –Heather suspiró. Habría supuesto una gran ayuda que Claire hubiera cumplido su palabra y le hubiera devuelto parte del dinero que tomó prestado. Pero ya hacía dos meses que había hablado con su hermana, y hacía mucho más que no se veían. Dado su escaso contacto, habría sido una locura empezar a pedirle que le devolviera el dinero–. Pero no tiene sentido quejarse –añadió con una sonrisa–. La comida estaba deliciosa, por cierto. Gracias. Me alegra haber venido.

–¿Aunque no podías soportar la idea de que todo el mundo te mirara? –Theo terminó de servir la botella de vino en los dos vasos y se preguntó si debería pedir otra. Si lo que buscaba era novedad, no había duda de que la había encontrado en aquella mujer que parecía dispuesta a comer y beber sin preocuparse por las consecuencias. Además, no habría ningún mal en prolongar un poco la tarde. Después de todo, la chica con la que salía ya no estaba disponible y los asuntos de trabajo podían esperar a la mañana siguiente, cuando volviera al despacho para completar lo que había empezado.

–¿Quieres más vino? –preguntó a la vez que hacía una seña al camarero.

Heather lo miró con expresión seria.

–¿No te estoy impidiendo hacer algo?

–¿Como qué?

–Oh, no sé. ¿No tienes que ir a ningún sitio? ¿No tienes una cita o algo parecido?

–La mujer con la que había quedado ha cancelado la cita al enterarse de que me iba a retrasar.

Heather sintió una punzada de culpabilidad y se ruborizó.

–Lo siento mucho –dijo a la vez que se ponía en pie–. Siento que te hayas peleado con tu novia por mi culpa.

–Siéntate –ordenó Theo mientras el camarero les servía el vino que había encargado–. Si te sirve de consuelo, te has limitado a dar un empujoncito a lo inevitable. ¡Siéntate! Vas a hacer que la gente nos mire, y no quieres que eso suceda, ¿verdad?

Heather obedeció, reacia.

–¿Qué has querido decir con lo de que sólo he dado un empujoncito a lo inevitable? –preguntó al cabo de un momento, sin poder contener su curiosidad–. ¿Ibas a dejarla?

–Antes o después –Theo se apoyó contra el respaldo de su silla y se cruzó de brazos mientras miraba el consternado rostro de Heather. ¿Quién habría imaginado que la chica que limpiaba sus oficinas podía ser una compañía tan refrescante?

–¿Y por qué iba a romper contigo sólo porque fueras a retrasarte? –Heather frunció el ceño. Sabía que las relaciones podían ser transitorias, pero aquello era demasiado. Ella sólo había tenido una relación larga, pero incluso cuando ambos llegaron a la conclusión de que las cosas no iban bien, aún pasaron largas tardes juntos hasta que finalmente cortaron definitivamente–. ¿Y por qué ibas a dejarla antes o después? ¿No ibas en serio con ella?

Aquéllas ya eran demasiadas preguntas para Theo. Pidió la cuenta y apoyó los codos en la mesa.

–Creo que hemos llegado al punto en que estás haciendo preguntas sobre temas que no son asunto tuyo.

Heather miró un momento al hombre en torno al que todo el mundo andaba de puntillas. El hombre con la mano de acero bajo un guante de terciopelo. Se encogió de hombros.

–De acuerdo. Te pido disculpas. A veces hablo demasiado.

–Sí –asintió Theo sin sonreír. A continuación pagó la cuenta y se puso en pie.

Cuando Heather hizo lo mismo tuvo que sujetarse un momento a la mesa. Debía haber bebido demasiado vino. Desde luego, el suelo le había parecido mucho más estable mientras estaba sentada.

Y no le iba a quedar más remedio que cruzar el abarrotado restaurante.

—Ése es el problema con el vino bueno —dijo Theo—. Es demasiado fácil de beber —añadió mientras rodeaba la mesa para pasar un brazo en torno a la cintura de Heather.

El contacto pareció electrizar su cuerpo. De pronto se hizo consciente del acalorado ritmo de su pulso y de una agradable vibración que pareció originarse en la boca de su estómago y extenderse por todo su cuerpo, alejando de su mente todo gramo de sentido común.

El breve contacto no debía significar nada para Theo... pero ella sentía que la cabeza le daba vueltas como a una mujer enamorada.

Apenas lo oyó hablar mientras salían y se despedían de Henri. Lo único que quería era apoyar su cuerpo contra el de él. ¿Había sentido alguna vez algo parecido con Johny? No podía recordarlo, pero no creía.

Theo la soltó en cuanto salieron, y Heather agradeció el aire fresco que la despejó un poco. También agradeció que él la ayudara a ponerse el abrigo.

El coche estaba aparcado a unos metros pero, antes de que Theo se encaminara hacia él, Heather le dedicó una acuosa sonrisa.

—Puedo volver a casa sola —dijo, pronunciando cuidadosamente cada palabra a la vez que metía las manos en los bolsillos y apretaba los puños.

—No seas ridícula. ¿Dónde vives?

—En serio. Estoy bien. Ya has hecho bastante por mí —Heather notó que estaba arrastrando ligeramente las palabras a causa del vino. Y cuando Theo la tomó por un codo supo que iba a capitular.

—Te has quedado muy callada...

–Me siento un poco floja... cansada...

En cuanto estuvo en el coche apoyó la cabeza en el respaldo y cerró los ojos. Oyó que Theo daba las señas al conductor y cuando volvió a abrir los ojos vio que se hallaban ante la entrada de la casa que compartía con otras tres chicas, ninguna de las cuales se hallaba allí en aquellos momentos. Por primera vez pensó que debía ser la única habitante de Londres soltera de menos de veinticinco años que no había salido a divertirse el viernes por la noche. ¡Pero sí había hecho algo!

Theo la acompañó hasta la puerta y tomó su bolso para buscar las llaves cuando vio que ella no lograba encontrarlas. Cuando pasó al interior tras Heather, ella no protestó. Theo ya había cumplido con su deber acompañándola, pero no quería que se fuera. Todavía no. No sabiendo que no iba a volver a verlo.

–¿Te apetece un café?

–¿Cuántas personas compartís el piso? –preguntó Theo.

–Cuatro –Heather hipó y se cubrió la boca con la mano.

–Creo que tú necesitas ese café más que yo. Ve a sentarte mientras lo preparo.

Theo, que estaba acostumbrado a la atención que le prodigaban los miembros del sexo opuesto, no recordaba la última vez que había cuidado de una mujer como lo estaba haciendo de la que se había quedado dormida junto a él en el coche cuando le estaba hablando.

Tras preparar el café volvió al cuarto de estar y encontró a Heather nuevamente dormida. Se había quitado el grueso jersey que llevaba y estaba tumbada en el sofá con un brazo alzado que cubría parcialmente su rostro.

Se había quitado los zapatos, dejando expuestos los calcetines grises que llevaba.

Theo permaneció unos momentos contemplándola como hipnotizado, porque su informe figura no era tan informe como había imaginado. Sus pechos eran grandes, suculentamente generosos, pero había una evidente proporción en su curvilíneo cuerpo, y el fragmento de piel que dejaba al descubierto el borde de la camiseta que vestía parecía sorprendentemente firme.

Se frotó los ojos para distraerse de la visión... y para alejar la tentación de acercarse para apreciar con más detenimiento aquellas curvas.

Sin despertarla, dejó el café en la mesa que había junto al sofá y, tras unos segundos de duda, sacó su pluma y buscó un papel a su alrededor. No iba a despertarla, pero habría sido grosero irse sin despedirse de algún modo. De manera que le escribió una nota deseándole suerte para conseguir un nuevo trabajo y luego se fue sin ceder a la tentación de volver a mirarla.

Una vez fuera se rió de la locura que lo había poseído durante unos segundos. ¡La había mirado y se había excitado! Estuvo a punto de llamar a Claudia, consciente de que con un poco de dulzura conseguiría que acudiera corriendo a sus brazos, pero en lugar de ello apagó su móvil y obligó a su disciplinado cerebro a concentrarse en el trabajo que había retrasado para la mañana siguiente.

Al día siguiente, al despertar a causa de los ruidos que estaban haciendo sus compañeras de piso en la cocina, Heather tuvo unos momentos de feliz olvido durante los que imaginó que era el ruido que estaba haciendo Theo mientras le preparaba el café.

Pero la taza de café ya estaba a su lado en la mesa, fría. Junto a ella había una nota con una educadas frases de despedida.

Heather se irguió en el sofá y enterró el rostro entre las manos. ¡Theo no la había despertado! Se había quedado dormida y había perdido la oportunidad de pasar unos minutos más en su compañía.

El sol parecía haber desaparecido de su vida.

Hasta una semana después, cuando una de sus compañeras de piso lo había mencionado, Heather no se dio a sí misma una severa reprimenda. Lloriquear por un hombre con el que apenas había estado tres horas era una locura.

–¿Estoy loca? –preguntó a su reflejo en el espejo–. No. Porque sabes que sólo una completa chiflada perdería el sueño por un hombre como Theo... y tú aún no estás completamente chiflada.

De manera que se rehizo y aceptó el trabajo en el pub de Tom. Como ya sabía, el trabajo era duro pero sociable, y encajaba con su temperamento. Aunque le llevaba más tiempo y energía que el de limpiadora, al menos comía todos los días y tenía los viernes libres.

Pero los viernes que pasó con sus amigos durante las primeras semanas no podían compararse con aquella noche surgida de la nada y que se había esfumado del mismo modo.

La imagen de Theo no dejaba de surgir en su mente. No podía evitarlo. Un momento se estaba riendo de algo y al siguiente allí estaba Theo, liberado de las barreras con que trataba de contenerlo. Se iba a la cama con él y despertaba a la mañana siguiente con él. Era algo involuntario. El recuerdo de aquel hombre la perseguía.

Pero sabía que todo se pasaba con el tiempo, y se resignó animadamente a vivir el proceso. Y se resignó tanto que, dos meses después de aquella memorable noche, respondió a una llamada de teléfono y prácticamente no reconoció la voz de Theo.

Cuando lo hizo tuvo que sentarse a la vez que hacía frenéticos gestos con el brazo para que Beth bajara la televisión. Su amiga obedeció... y se quedó donde estaba para escuchar la conversación. Heather sintió que el corazón le latía como loco en el pecho. Theo había conseguido su teléfono a través de la empresa de limpiezas para la que solía trabajar. Heather supuso que había utilizado su poderosa influencia para obtener la información, pues se suponía que ésta era confidencial. Aunque no le importa. Lo único que quería era que Theo le explicara para qué la había llamado.

—Tengo una proposición que hacerte —dijo él finalmente, tras intercambiar las cortesías de rigor.

—¿En serio?

—Mi asistenta ha tenido que irse porque tiene que atender a su hermana, que ha enfermado. El puesto ha quedado libre y he pensado en ti —Theo le explicó brevemente en qué consistía el trabajo. Incluso podía quedarse a dormir allí. Su piso tenía un ala independiente y además él apenas paraba por allí. Prefería pasar todos los fines de semana que podía en el campo. Cuando le dijo lo que ganaría, Heather se quedó boquiabierta. Era bastante más de lo que ganaba con los dos trabajos que tenía. Podría ahorrar y, si decidía quedarse allí a vivir, podría permitirse empezar su curso en unos meses en lugar de los tortuosos años que había previsto.

Aunque las consideraciones financieras no pesaron demasiado en su decisión.

–Acepto –dijo rápidamente, y Theo sonrió al otro lado de la línea–. Sólo dime cuándo quieres que empiece.

Capítulo 3

Y AHORA qué va a pasar? –preguntó Beth.
Habían pasado dieciocho meses desde que
Theo había ofrecido el puesto de trabajo a
Heather, que estaba en aquellos momentos en una cafetería con su amiga.

Heather se mordió el labio nerviosamente, pues sabía lo que se avecinaba.

–¿Qué quieres decir? –preguntó para ganar tiempo.

Al principio, Beth se había alegrado enormemente por la suerte que había tenido su amiga al conseguir aquel trabajo tan cómodo. Heather había tenido que renunciar a su puesto de profesora ayudante, pero a cambio había podido terminar su curso y estaba lista para ejercer su profesión.

Para Beth, una mujer quedaba definida por su profesión. Ella misma había querido ser abogada desde los cinco años y había hecho que su sueño se convirtiera en realidad a base de no desviarse nunca de su propósito.

Heather admiraba profundamente la ambición y fuerza de voluntad de su amiga. Tanto, que al principio se esforzó para que no se notara que en realidad había aceptado el trabajo que le había ofrecido Theo por su necesidad de estar cerca de él. Pero no se le daba bien disimular y había acabado confiando sus sentimientos a su amiga... y desde entonces había tenido que aguantar los ocasionales comentarios de ésta, que opinaba que estaba siendo utilizada por Theo.

–Quiero saber si ahora que has terminado el curso vas a trasladarte de piso y a conseguir un trabajo con esa agencia de publicidad. Porque supongo que has enviado la solicitud, ¿no?

Heather bajó la mirada y murmuró que aún quería darle unos toques a su currículo. Pero lo cierto era que el sobre llevaba quince días en su bolso, quince días durante los que había tratado de no pensar en la desagradable perspectiva de dejar atrás una situación que no iba a llevarla a ninguna parte, pero que para ella estaba funcionando muy bien.

Pero mientras ella seguía alimentando las llamas de aquel encaprichamiento, Theo seguía demostrando tan poco interés sexual por ella como siempre. Ella había desarrollado una dependencia emocional y él había conseguido la perfecta asistenta. Lo cierto era que las tareas de mantenimiento de la casa apenas le llevaban tiempo. Cocinaba un poco cuando Theo iba a cenar, pero había acabado por convertirse en una curiosa mezcla de secretaria a deshoras y chica para todo.

Theo le hablaba de sus asuntos de trabajo y ya casi nunca le recordaba que todo lo que le decía debía quedar en el más estricto secreto. Heather solía reír y decirle que no conocía a nadie que pudiera estar ni remotamente interesado en los tratos que implicaban a empresas de las que ni siquiera habían oído hablar.

Theo encontraba a Heather relajante y divertida y, sobre todo, nada exigente. A diferencia de las mujeres con las que seguía saliendo de vez en cuando, Heather no era nada pegajosa y no ambicionaba cosas que se hallaban más allá de su alcance. Desde su punto de vista, tenían una relación perfecta. Él le pagaba generosamente y, a cambio, ella lo ayudaba como ni siquiera su propia secretaria lo habría hecho en horas de trabajo.

A Heather no le importaba repasar su correo con él, o escribir cartas que no había tenido tiempo de acabar en el despacho. Tampoco le importaba comprar joyas para sus amigas, o incluso ocuparse de enviar el acostumbrado ramo de rosas cuando una relación se acercaba a su fin natural.

No había nada que Beth pudiera decir a Heather sobre su trabajo que ésta no supiera ya. Pero en aquella ocasión la cosa era diferente. Heather había terminado su curso de ilustración y había sacado las mejores notas de la clase. Ya no necesitaba ahorrar como loca. Gracias al salario que le pagaba Theo y a que no había tenido que gastar dinero en alquilar una casa, había podido pagarse el curso, comprar todo el material necesario, acudir a todas las exposiciones que había querido y aún tener dinero en el banco. No bastante como para comprarse su propia casa, pero suficiente para alquilar algo.

–Me he enterado de que alquilan un apartamento en mi bloque –dijo Beth, que miró su reloj porque tenía que volver al trabajo después del almuerzo–. Sólo tiene un dormitorio, pero te encantará. Así no tendrás que aguantar que tu jefe llame a tu puerta a cualquier hora de la noche para que escribas una carta que su secretaria podría haber escrito al día siguiente.

«A mí no me importa hacerlo», quiso decir Heather,

pero se limitó a asentir y a tratar de parecer entusias-
mada.

–Podría ir a verlo... –dijo.

Beth se tomó aquello como un sí definitivo y se
levantó.

–Bien. Avísame cuándo vas a estar libre y te con-
certaré una cita para verlo. Pero no te duermas porque de lo contrario te lo quitarán de las manos –consciente de su severo tono, Beth sonrió y abrazó a su
amiga–. Me preocupo por ti.

–Lo sé.

–Y odio pensar que estás languideciendo en la
casa de ese hombre, esperando con desesperación
que se fije en ti mientras te ocupas de hacer sus reca-
dos.

–Yo no...

–¡Claro que sí! –Beth interrumpió a su amiga sin
contemplaciones. Había notado hacía tiempo que
Heather siempre se las arreglaba para justificar el
mal comportamiento de su jefe. Ella lo había visto
en un par de ocasiones y sabía que el infierno tendría que congelarse antes de que Theo mirara a Heather de un modo distinto al de un afortunado jefe
con una empleada que lo adorara y estuviera siempre a su entera disposición. A él le gustaba que sus
mujeres fueran altas, delgadas y superfluas, y Heather no encajaba en ninguna de aquellas categorías–.
Y ahora me voy, cariño. Cuídate... y llámame, ¿de
acuerdo?

–De acuerdo –contestó Heather que, aunque no
descartaba por completo la posibilidad de trasladarse,
tampoco pensaba darle demasiada importancia al
tema.

El destino la había reunido con Theo y, al parecer, el destino aún no estaba listo para separarlos.

Pero la solicitud que llevaba en su bolso, la posibilidad de conseguir un apartamento y la charla de su amiga le dieron qué pensar.

En el camino de regreso se detuvo para comprar lo necesario para preparar unos espagueti boloñesa para la cena. A Theo le encantaban y, aunque iba a ausentarse el fin de semana, aquella noche iba a dormir en casa.

Trató de no pensar en sus actividades del fin de semana. Estaba viendo a otra de sus preciosas morenas. Aquélla se llamaba Venetia, un nombre que le iba a las mil maravillas. Con tacones era casi tan alta como él, sólo vestía ropa de diseño y en la única ocasión en que vio a Heather la trató con la superioridad de alguien muy bello en presencia de un troll.

Heather jamás habría manifestado sus celos a Theo, pero, encima de todo lo demás, éstos se filtraron en su cuerpo como veneno.

Ya no se contentaba con el tonto engaño de pensar que estar con él le bastaba. Seguía encontrándolo fascinante con su atractiva arrogancia, su agudeza y sus momentos de amabilidad, ¿pero era eso suficiente?

Hacía dos semanas que Heather había terminado su curso, y la repentina falta de actividad le estaba haciendo recordar que tenía que seguir adelante con su vida, que ésta no podía seguir girando en torno a un hombre que apenas le prestaba atención, a pesar de que, de algún modo inexplicable, Heather sabía que era prácticamente imprescindible para él.

«¿O no lo eres?», susurró una molesta vocecita en su interior. «Te gustaría pensar que los eres, ¿pero no nos dedicamos casi todos a creer lo que queremos creer y a descartar el resto?»

Theo tenía su piso en la planta superior de un elegante edificio en Knightsbridge, pero Heather subió las escaleras andando. Había empezado a hacerlo hacía unas semanas como forma de ejercicio y para contrarrestar su pasión por el chocolate y los dulces en general.

El piso había sido decorado por uno de los interioristas más famosos de Londres. Las únicas instrucciones que le dio Theo fueron que utilizara los menos colores posibles y que no hubiera plantas que requirieran cuidados.

Heather no había hecho nada respecto a los colores a lo largo de aquellos meses, pero sí había comprado diversas plantas que cuidaba religiosamente.

También había animado las paredes con algunas de sus ilustraciones, sin dejarse afectar por la reacción inicialmente gruñona de Theo, que luego se transformó en ocasionales y gratificantes comentarios de aprecio.

Tras dejar las compras en la cocina fue a tomar una ducha sin lograr dejar de pensar en los comentarios de su amiga Beth. Aunque el verano estaba a punto de acabar aún hacía calor y la ducha resultó maravillosamente refrescante. Aún estaba disfrutando del agua cuando oyó que llamaban a la puerta.

No podía ser Theo, porque nunca volvía antes de las siete y además tenía su llave. Teniendo en cuenta que el portero de aquel lujoso edificio jamás permitía que subieran vendedores y repartidores de propaganda, ¿de quién podía tratarse?

Mientras iba a abrir, Heather sintió que los latidos

de su corazón se aceleraban al pensar en la posibilidad de que fuera Theo.

Pero no era Theo. Y tampoco era ningún vendedor. Se trataba de una mujer más bien baja y morena de unos sesenta años, con un rostro de marcado carácter, pero que en aquellos momentos parecía exhausto.

Heather no supo cuál de las dos se sintió más sorprendida. Rompieron el silencio al mismo tiempo, la mujer hablando en griego y ella pidiéndole que se identificara. Finalmente, ambas permanecieron en silencio hasta que Heather habló.

–Lo siento, pero, ¿le importaría decirme quién es? El portero no suele dejar subir a nadie que no sea esperado... –sonrió para suavizar cualquier posible ofensa y ciñó el cinturón del albornoz, lo único que le había dado tiempo a ponerse antes de ir a abrir.

–¿Y quién eres tú? –preguntó la mujer–. ¿Dónde está mi hijo? ¿Está aquí? El portero me ha dicho que habría alguien para abrirme y he pensado que se refería a Theo. ¿Dónde está?

Heather se quedó boquiabierta. Theo había mencionado a su madre de vez en cuando, una madre por la que sentía un profundo respeto y admiración, pero que nunca se aventuraba a ir a Londres porque las multitudes la confundían.

–Pase, por favor... señora Miquel. Me alegra mucho conocerla. Yo soy Heather...

–¿Heather? ¿Heather qué? Theo nunca me ha mencionado una Heather, pero lo cierto es que mi hijo nunca me habla de sus novias. ¡Empezaba a pensar que no tenía ninguna! O tal vez demasiadas –la madre de Theo entró en el piso y se dirigió al sofá más cercano, donde se sentó con un suspiro de alivio–. Ven aquí, niña. Déjame verte

–Pero se equivoca...

La señora Miquel apoyó un dedo sobre los labios de Heather.

–Shh. Sigue la corriente a una anciana que lleva mucho tiempo rezando para que su hijo encuentre una buena chica con la que sentar la cabeza. Y no podría haber sucedido en mejor momento, hija mía. Sí. Pareces llenita y bien alimentada.

–Estoy a régimen... –murmuró Heather, decidida a aclarar las cosas cuanto antes–. Siento decepcionarla, pero...

–¿Decepcionarme? ¡No estoy decepcionada, cariño! –el anciano rostro de la mujer se iluminó de pronto con una sonrisa a la que Heather no tuvo más remedio que corresponder–. A Theo le gusta pensar que soy una anticuada... tal vez por eso no me ha hablado de ti... debe pensar que no me parece bien que viváis juntos...

–No, señora Miquel... –Heather se sentó en el borde del sofá, consciente de que su vestimenta, o más bien su falta de ella, no estaba haciendo nada por aclarar la verdad–. Es cierto que vivimos juntos, técnicamente, pero...

–Pero no soy tan vieja como para no darme cuenta de que los tiempos han cambiado –continuó la madre de Theo, imperturbable–. En mi época las cosas eran muy distintas, pero eso no quiere decir que no entienda a los jóvenes de hoy en día –de repente alzó una mano y la apoyó en la mejilla de Heather–. Me hace feliz saber que mi querido Theo ha encontrado a alguien, y puedo ver en tus ojos que eres una buena persona.

Heather se preguntó cómo podía confundirse con tanta facilidad la bondad con el pánico.

—Y no debes llamarme señora Miquel, querida —continuó la madre de Theo—. Me llamo Litsa.

—Theo no me había dicho que iba a venir.

—Esperaba que... —el rostro de Litsa adquirió momentáneamente una expresión preocupada—. Será mejor que se lo explique a él en persona... Ahora, estoy cansada... ¿Podrías llamar a Theo para decirle que estoy aquí?

—¡Por supuesto!

Dado que a Litsa prácticamente se le cerraban los ojos a causa del cansancio, a Heather no le pareció adecuado ponerse a explicarle en aquellos momentos por qué estaba en casa de Theo vestida con un albornoz. Decidió que tal vez sería mejor que fuera su hijo quien le hiciera llevarse aquella pequeña decepción.

Entretanto podía acompañar a Litsa a una de las habitaciones libres del piso para que se acostara.

La madre de Theo, que de pronto le había parecido muy frágil, como una pieza de porcelana a punto de romperse, se quedó dormida casi antes de que tuviera tiempo de quitarle la chaqueta y los zapatos. Luego echó las cortinas con el menor ruido posible y la cubrió con una manta.

Los dedos le temblaban cuando marcó el número del móvil de Theo. Éste contestó casi de inmediato, en un tono que indicaba que se hallaba en medio de algo importante. Pero en cuanto se enteró de que su madre estaba en Londres se olvidó de todo lo demás.

Su madre nunca iba a Londres, ni con advertencia

previa ni sin ella. El hecho de que hubiera hecho aquel viaje sin avisarlo era inaudito.

Veinte minutos más tarde entraba en el piso como una exhalación. Heather lo estaba esperando, ansiosa, vestida con sus habituales leotardos y una camiseta ancha de rayas.

–Está profundamente dormida –dijo, poniéndose en pie de un salto para sujetar a Theo por un brazo antes de que entrara en el dormitorio a hacer preguntas–. Deja que te prepare un café –añadió en tono apaciguador–. Tenemos que hablar.

Por unos instantes temió que Theo fuera a hacer caso omiso de sus palabras, pero, en lugar de ello, se pasó una mano por el pelo y asintió.

Unos minutos después Heather dejaba una taza de café ante él antes de sentarse al otro lado de la mesa de la cocina.

–¿Hay algún problema? –preguntó Theo–. Mi madre nunca visita este país sin avisarme, así que supongo que sí lo hay. ¿Te ha dicho por qué ha venido?

Heather negó lentamente con la cabeza mientras pensaba en cómo explicarle que su madre había sacado algunas conclusiones precipitadas al verla. Había tratado de hacerlo por teléfono, pero, después de saber que su madre estaba allí, Theo no había escuchado nada más.

–¿Se encuentra bien físicamente, Theo? Me ha parecido muy... frágil.

La mirada de Theo se oscureció a la vez que se inclinaba hacia ella.

–Explícate.

–Me ha parecido muy delicada...

–¿Y has podido darte cuenta de eso en unos minutos? ¿Acaso estás estudiando medicina en lugar de pintura?

Heather captó el miedo que había tras la irónica risa que dejó escapar Theo y lo miró compasivamente.

Él se levantó bruscamente, apoyó ambas manos en la mesa y la miró con dureza.

—Y haz el favor de no mostrarte compasiva conmigo. No estoy de humor para eso.

—De acuerdo —Heather sintió la punzada de las lágrimas en los ojos y se mordió el labio.

Theo contempló su cabeza agachada y supo que había sido innecesariamente cruel, pero la disculpa que se sintió obligado a ofrecer no llegó a alcanzar sus labios. ¿Tendría idea de cómo había aumentado su preocupación el simple comentario que había hecho sobre el estado de su madre? Golpeó la mesa con un puño y Heather se sobresaltó.

—Lo siento —susurró.

—¿Qué sientes? —espetó Theo—. ¿Haber ofrecido tu opinión cuando nadie te la había pedido?

—Siento que estés asustado —Heather lo miró valientemente a los ojos y sintió un ligero alivio al ver que al menos volvía a sentarse. Nunca lo había visto asustado. Si quería tomarla con ella, adelante. A fin de cuentas, ¿no era de eso de lo que trataba el amor? ¿Y no lo amaba ella?

De todos modos, supo instintivamente que ahondar en ello no era buena idea, de manera que le dedicó una acuosa sonrisa y suspiró.

—Hay algo más —dijo con cautela—. He tratado de explicártelo por teléfono, pero no me has escuchado. Ya sabes que a veces hablo demasiado...

Theo sintió que parte de su tensión lo abandonaba y sonrió a regañadientes.

—Ya lo he notado.

Heather asintió.

—Cuando... cuando tu madre ha llamado a la puerta yo estaba en la ducha. Sé que te parecerá una hora extraña para darme una ducha, pero acababa de subir las escaleras andando para hacer algo de ejercicio y me sentía acalorada. El caso es que he ido a abrir la puerta en albornoz...

—¿Piensas llegar al meollo de la cuestión este año o el siguiente?

—Olvida el albornoz. Da igual. El asunto es que... y no sé si te vas a enfadar por esto, pero no ha sido culpa mía... tu madre no esperaba verme.

—¿Y por qué no le ha pedido a Hal que la acompañara arriba si no esperaba encontrar a nadie en el piso?

—Porque Hal le dijo que había alguien para abrirle la puerta... y ella esperaba que ese alguien fueras tú. Pero me temo que al verme se ha llevado una impresión equivocada.

Theo frunció el ceño.

—¿A qué te refieres?

—Ha pensado que... que estaba relacionada contigo...

—Y lo estás. Entre otras cosas eres la encargada de mi casa.

—No me refiero a esa clase de relación... sino a una relación romántica. Tu madre ha pensado que soy tu novia.

La reacción de Theo fue totalmente inesperada. Rompió a reír.

–Sé que es increíble –dijo Heather, tensa–. Sé que no soy la clase de mujer a la que mirarías dos veces seguidas...

Theo dejó de reír y la miró con el ceño fruncido.

–Pero supongo que la has sacado de su error, ¿no?

–No he podido.

–¿Que no has podido? –repitió Theo, perplejo–. Mi madre empieza a decirte lo satisfecha que está porque su hijo haya encontrado por fin una buena mujer... ¿y tú no has podido sacarla de su error?

–Apenas me ha dejado hablar, y cuando de pronto ha parecido perder las fuerzas no he tenido valor para aclararle su error...

–Yo me ocuparé de aclarárselo –Theo tomó un sorbo de su café y miró a Heather por encima del borde de la taza. ¿Heather? ¿Su novia? ¡Qué idea tan ridícula! Contempló su rostro, sus definidos rasgos y expresivos ojos, y luego bajó la mirada hacia la poco favorecedora camiseta que vestía.

Era una mujer con personalidad, sin duda, pero la personalidad no aparecía muy alta en su lista de cualidades deseables en una mujer.

–No supondrá ningún problema –añadió.

–¿Lo dices porque nadie en su sano juicio podría encontrarme atractiva? –Heather se escuchó decir aquello con auténtica sorpresa, pero siguió hablando rápidamente para distraer a Theo–. Tal vez deberías ir a ver qué tal está. Ya lleva un rato dormida...

–¿A qué ha venido ese comentario? –preguntó Theo con el ceño fruncido. Era posible que Heather no fuera candidata a convertirse en modelo, pero nunca le había visto mostrarse realmente insegura respecto a su aspecto. Solía bromear de vez en cuando sobre su figura y siempre parecía estar siguiendo algún régimen, pero eso era todo–. ¿Te ha ofendido algún hombre? –preguntó, sintiendo una llamarada de repentina rabia.

–No seas tonto, Theo. Sólo estoy... de un humor raro. Supongo que se debe a la repentina aparición de tu madre.

Theo asintió y se levantó.

–Voy a ver qué tal está.

–No la despiertes si aún está dormida. Parecía necesitar un descanso. Puede que haya venido aquí a relajarse –aquello no tenía sentido, pero Heather no podía soportar ver la tensión que reflejaba el rostro de Theo. Verlo tan vulnerable le dolía de un modo indefinido.

–No me trates con condescendencia –dijo Theo.

Heather pensó que al menos no parecía enfadado, y sonrió.

–Lo haré si así dejas de preocuparte.

–¿Por qué?

–Porque... porque lo haría por cualquiera –aquello era al menos una versión de la verdad–. No puedo soportar ver a alguien sufriendo.

–¿Eres la buena samaritana? –dijo Theo sin apartar la mirada de ella–. Ahora voy a ver a mi madre y acabaré siendo el mal samaritano cuando le informe de que se ha equivocado respecto a nosotros –rió y agitó la cabeza como si aún le pareciera increíble que su madre hubiera llegado a aquella absurda conclusión.

Mientras él iba a la habitación, Heather se quedó pensando en lo importante que de pronto se había vuelto mudarse. No podía culpar a Theo porque considerara risible la idea de que tuvieran una relación romántica. Pero era ella la que resultaba risible. Se había encaprichado tontamente de él desde la primera vez que lo había visto sentado tras su escritorio, totalmente concentrado en su trabajo y apenas consciente de su existencia mientras limpiaba a su alrededor. Y aquello la había llevado en última instancia hasta su piso, alentando unos sentimientos que nunca iban a ser correspondidos. Beth tenía razón. Necesitaba controlar y orientar su vida en la dirección que quería en lugar de permitir que sus emociones le dictaran el camino a seguir.

Todo adquirió pleno sentido en su mente durante los cuarenta y cinco minutos que estuvo esperando a que Theo volviera a la cocina. Cuando lo hizo supo por su expresión que las noticias que había recibido no eran buenas.

—Necesito algo más fuerte que el café –fue lo primero que dijo cuando se sentó a la mesa de la cocina–. Y sugiero que tú también tomes algo.

Heather sirvió dos vasos de vino y luego se sentó frente a Theo.

—Mi madre no quería que me preocupara –dijo él finalmente–. Hace un tiempo empezó a sentir dolor y opresión en el pecho, pero lo achacó a la edad y al cansancio. Al ver que no se le pasaba tras unos días de descanso pidió una cita con su médico, que la remitió a un colega suyo en Londres, un especialista en cirugía del corazón.

—¿Y no te dijo nada? –preguntó Heather, extrañada.

—Si lo hubiera hecho, ¿crees que habría permitido

que llevara esa carga sola? —espetó Theo, irritado—. Voló ayer a Londres para acudir hoy al médico, quien, tras hacerle unas pruebas, le ha dicho que no le convenía hacer el viaje de regreso a Grecia. Por eso ha decidido venir aquí, a mi piso. Y así es como te ha conocido...

Capítulo 4

HEATHER esperó a que Theo añadiera algo a su último comentario, hecho con un ligero tono de acusación. Pero no dijo nada más.

–He estado pensando, y... –Heather se interrumpió y respiró profundamente. La perspectiva de irse de allí pendía sobre ella como un agujero negro, pero sabía que no podía evadir el asunto–. Y ahora que tu madre está aquí... y, bueno... ya que parece haber sacado una impresión equivocada sobre nosotros... no estaría bien que yo siguiera en tu casa –sintió que se ruborizaba bajo la atenta mirada de Theo, pero siguió adelante–. Ya he terminado mi curso y ha llegado la hora de que me traslade y busque un trabajo apropiado. No es que no haya sido fantástico estar aquí, pero... el caso es que Beth ha encontrado un apartamento libre para mí en el mismo bloque en que ella vive.

Theo se encogió de hombros.

–Es lógico que quieras trasladarte. Pero todavía no.

Por unos segundos, el corazón de Heather se desbocó mientras convertía aquellas tres últimas palabras en las que quería escuchar. Necesidad, amor, deseo. Pero entonces la realidad se impuso y miró a Theo con expresión perpleja.

–Permite que te aclare por qué –dijo Theo, que a continuación terminó su vaso de vino antes de servirse otro–. Como ya te he dicho, mi madre tiene un problema de corazón. Según ella no supone una amenaza para su vida, pero pienso hablar con su especialista para cerciorarme. En cualquier caso, es imprescindible evitarle cualquier tensión.

–Naturalmente –dijo Heather.

–Lo que me lleva de nuevo a ti –Theo la miró pensativamente–. Como ya sabes, mi madre cree que mantenemos una relación sentimental, que por fin he encontrado una mujer con la que sentar la cabeza. Cree que vivimos juntos y que por tanto la cosa va en serio...

–¿No le has dicho la verdad? –preguntó Heather, boquiabierta.

–Ha sido imposible. Su estado de salud es muy delicado. No sé cómo la afectaría enterarse de la verdad.

–¡Pero tienes que decírsela!

–No necesariamente.

–¿No necesariamente? ¡Voy a trasladarme, Theo! ¿No crees que sospechará algo cuando sepa que me voy a mudar al otro extremo de la ciudad? Además, no estaría bien engañarla...

–Tampoco estaría bien provocarle una tensión que no le conviene en lo más mínimo en estos momentos.

–¿Cómo puedes saber que no va a ser capaz de asumir la verdad? –Heather se inclinó hacia delante en su asiento–. Creo que no estás pensando con claridad.

–Sé que no lo estoy haciendo. Pero me asusta correr el riesgo.

Aquello bastó para aplacar las protestas de Heather, que, a pesar de la sinceridad que vio en los ojos de Theo, no pudo evitar preguntarse si habría dicho aquello porque la conocía lo suficientemente bien como para saber que sus emociones eran su perdición.

–No será por mucho tiempo –dijo Theo con evidente alivio al ver la repentina indecisión que reflejó la mirada de Heather–. Un par de semanas, no más. Sólo hasta que mi madre esté lo suficientemente fuerte como para volver a Grecia.

–¿Y se lo dirás entonces?

–Sé lo diré con delicadeza, con el tiempo. Cuando todo acabe, podrás alquilar un apartamento apropiado y empezar una vida apropiada –Theo no entendía por qué, pero la idea de que Heather fuera a irse lo irritaba. Pero dejó pasar la emoción sin analizarla. Tenía cosas más importantes en qué pensar.

Qué fácil era para él decir aquello, pensó Heather con tristeza.

–Creo que voy a subir a mi dormitorio –dijo mientras se ponía en pie–. Bajaré dentro de un rato para preparar algo de comer, pero yo no tengo mucha hambre.

–¿Estás siguiendo otra de tus locas dietas? –preguntó Theo, y ella respondió con una sonrisa ni amistosa ni hostil. Se sentía como una muñeca de trapo a la que le hubieran quitado el relleno. Pero Theo volvió a hablar antes de que le diera tiempo a salir de la cocina y le dijo como si fuera la cosa más normal del mundo que su madre esperaba que compartieran el dormitorio.

Heather giró sobre sus talones con expresión horrorizada.

–¿Compartir el dormitorio? ¿Contigo?

–Es un dormitorio muy grande y tiene un sofá.

–¡Ni hablar!

–¿Por qué? –preguntó Theo, divertido–. ¿Qué crees que voy a hacer?

–¡No creo nada!

–Entonces, ¿por qué te pones así? A menos que pienses que voy a sentir la tentación de tocarte... –en la mente de Theo surgió de pronto la imagen de Heather tumbada en el sofá del apartamento que solía compartir, dormida con un brazo sobre la cabeza mientras sus pechos, tentadoramente firmes y grandes, subían y bajaban al ritmo de su relajada respiración.

–Simplemente no me parece bien –murmuró Heather, intensamente ruborizada.

–Sé que no es lo ideal, pero no será por mucho tiempo –dijo Theo con más dureza de la que pretendía–. Tendrás que llevar tus cosas a mi cuarto... o al menos parte de ellas. Lo suficiente como para...

–¿Hacer creíble la farsa? –concluyó Heather por él–. ¿Y por qué no le pides a Venetia que venga? Así al menos no estarás mintiendo.

–Venetia no es la clase de mujer que le gustaría a mi madre para mí –replicó Theo–. Además, no me gustaría que Venetia sacara la conclusión de que esa estancia en mi casa podría llevar a algo más concreto entre nosotros. Contigo las cosas serían muy distintas. Estás al tanto de los límites de nuestra relación y no serías tan tonta como para saltártelos –se encogió de hombros al añadir–: Además, a mi madre le has caído muy bien. Piensa que eres una mujer dulce y alegre.

Heather no podría haber pensado en dos adjetivos más insultantes, aunque sabía que Theo no pretendía insultarla. Sólo estaba poniendo de manifiesto un hecho.

–Por supuesto, te compensaré financieramente por hacer esto –continuó él–. Incluso yo comprendo que es un favor que supera con creces tu deber.

Una hora más tarde Heather aún se sentía aturdida por la progresión de los acontecimientos. Había trasladado algunas de sus cosas al dormitorio de Theo y había ocultado cuidadosamente el resto en los cajones de su anterior dormitorio.

El mero hecho de estar allí le hacía sentirse ligeramente mareada. Siempre había encontrado demasiado grande la habitación de Theo, que contaba con una zona de estar y un baño en el que habría podido vivir una familia. Pero, ante la idea de compartirlo con él, de pronto le pareció muy pequeño.

Pero no iba a pensar en ello. En cierto modo, los insultos inconscientes de Theo, su oferta de dinero, su asunción de que sabría estar en su lugar porque a fin de cuentas no era más que una valiosa asistenta que había resultado estar en el lugar equivocado en el momento equivocado, habían servido para fortalecerla en su decisión de marcharse en cuanto aquello acabara.

Pero no ayudó descubrir durante la ligera cena que compartieron aquella noche que la madre de Theo era una mujer encantadora.

–Estaba preocupada por él –dijo Litsa en un conspirativo susurro, pero con la evidente intención de que fuera escuchado por su hijo–. ¡No es siempre bueno para un hombre tener éxito con las mujeres desde muy joven! Podría acabar convirtiéndose en un playboy.

Ante la oportunidad de desquitarse, Heather sonrió y miró a Theo, que parecía incómodo y acorralado.

—¿Theo? Oh, no, Theo nunca vería a las mujeres como meros objetos de juego... ¿verdad?

Tras dedicarle una furibunda mirada, Theo se levantó con un gruñido y se puso a recoger la mesa.

—Es importante que un hombre siente la cabeza como es debido —dijo Litsa, mirando a su hijo con aprobación mientras éste daba la errónea impresión de ser alguien que compartía habitualmente las tareas de la cocina—. ¡Es necesaria una buena esposa para civilizarlo adecuadamente! —añadió riendo a la vez que dedicaba una afectuosa mirada a Theo.

—Tengo la impresión de que empiezas a estar cansada —dijo Theo tras dedicar a Heather una mirada de advertencia que fue totalmente ignorada—. Tal vez sería mejor que te retiraras. Mañana te acompañaré al especialista, así que no tienes de qué preocuparte.

Había conseguido cambiar de tema de conversación, pero el respiro sólo fue transitorio, pues Litsa pasó otros cuarenta y cinco minutos compartiendo sus pasadas preocupaciones respecto a su hijo con alguien que la comprendía, y Heather le siguió gustosa la corriente mientras Theo se esforzaba por no mostrar su irritación.

Pero cuando madre e hijo se alejaron hacia el dormitorio, el peso de la realidad cayó de lleno sobre Heather. La realidad era el rechazo mostrado por Theo hacia ella, un rechazo aún más cruel por ser inconsciente. La realidad era que había caído tan bajo

en su autoestima que había estado dispuesta a aceptar
las migajas que pudiera ofrecerle. Y la realidad era
también el dormitorio que la aguardaba. Aquel pensamiento le hizo entrar en acción. No sabía cuánto
tiempo tardaría Theo en dejar instalada a su madre,
pero esperaba que fuera el suficiente como para que a
ella le diera tiempo de ponerse el pijama, meterse en
la cama y apagar la luz.

Consiguió hacerlo todo en menos de cinco minutos, pero, tras una hora de tensión contenida, el sueño
empezó a adueñarse de ella, y para cuando Theo regresó al dormitorio la encontró profundamente dormida.

Tras dejar a su madre acostada, Theo había hecho
una incómoda llamada a Venetia para cancelar los
planes que tenían para aquella semana. Después, el
trabajo había sido lo único en que había podido refu-
giarse, de manera que había permanecido más de una
hora en su despacho, respondiendo a unos correos
electrónicos de los que podría haberse ocupado perfectamente en un horario más civilizado.

La visión de Heather en su cama lo dejó momentáneamente desconcertado. Estaba tumbada como la
había visto hacía unos meses, con un brazo sobre la
cabeza. Dudaba mucho que se hubiera tumbado originalmente en aquella postura de abandono.

Haciendo tan poco ruido como le fue posible,
avanzó hacia la cama mientras se quitaba la camisa.

Cuando había mencionado el sofá se había refe-
rido a que «ella» podía dormir en él. Una ligera sonrisa curvó sus labios mientras la veía dormir. Lo justo
era lo justo, pensó irónicamente. Había presionado a
Heather para que lo ayudara. Por lo que a ella se refe-

ría, y dado lo reacia que se había mostrado originalmente hacia su plan, él podía dormir en el sofá, o en el suelo.

Cuando salió completamente desnudo del baño tras tomar una rápida ducha, Heather se movió en la cama. Theo se fijó en su pierna doblada bajo las sábanas y, por lo que vio, dedujo que no debía estar demasiado vestida. ¿Sería una de esas mujeres que se ocultaba tras la ropa como una monja durante el día, pero que apenas se acostaba con nada encima de noche? Aquel pensamiento provocó en él una reacción que parecía haber estado aguardando todo aquel tiempo para producirse. Apartó la mirada, consciente de la reacción de su cuerpo, tan poderosa como inesperada.

El sofá serviría para aplacar cualquier acción inadecuada, desde luego, pero lo descartó en cuanto lo miró.

Heather estaba profundamente dormida y su cama era infinitamente más cómoda que cualquier sofá, sobre todo teniendo en cuenta que éste no tenía sábanas y que él no tenía idea de dónde buscarlas.

Se metió sigilosamente bajo las sábanas y permaneció muy quieto, esperando a que su excitación remitiera.

Cuando Heather giró sobre sí misma en su dirección, estuvo a punto de gemir. La pequeña camiseta sin mangas que llevaba dejaba muy poco a la imaginación y dejaba expuesto un generoso escote que Theo jamás había podido ver de día. Su respiración se agitó mientras contemplaba el rostro de Heather, sus labios ligeramente entreabiertos y su pelo rubio y revuelto enmarcándole el pelo.

Sólo el cielo sabía cuánto tiempo habría permanecido allí quieto si Heather no se hubiera movido de nuevo y hubiera dejado una mano apoyada sobre su pecho.

Theo se quedó paralizado al ver que abría los ojos. A continuación, Heather dio un grito y se apartó de él, horrorizada.

–¿Qué haces aquí?

–Éste es mi dormitorio, ¿recuerdas? El que has aceptado compartir.

–¡Pero no acepté compartir la cama! –Heather estaba asimilando la información de que Theo no llevaba nada puesto por encima de la cintura. ¿Llevaría algo puesto debajo? Todo su cuerpo comenzó a arder mientras su imaginación se liberaba y tomaba el vuelo.

–El sofá no está hecho –le informó Theo, cuya erección, lejos de aplacarse, pareció animarse ante la visión del ruborizado y aún adormecido rostro de Heather.

–¡Pues ve a hacerlo! ¡No puedes quedarte en esta cama conmigo! Prometiste...

–No te prometí nada. Y no te alteres tanto. Es una cama grande –dijo Theo... lo que no explicaba porque estaban tan cerca el uno del otro.

–¿Llevas algo puesto? –se oyó preguntar Heather. El silencio de Theo fue revelador–. No llevas nada, ¿verdad?

–No tengo pijamas. Siempre me han parecido una prenda inútil.

–¿Cómo puedes ser tan... tan irrespetuoso? –susurró Heather mientras sus ojos se llenaban de lágrimas.

—¿Irrespetuoso? —repitió Theo, atónito—. No sé de qué estás hablando.

—¡Claro que lo sabes! ¡Me desprecias hasta tal punto que te da igual que esté o no esté en la cama! ¡Ni siquiera te has molestado en ponerte algo! ¡Por lo que a ti se refiere, lo mismo podría ser un... un... saco de patatas!

En el silencio que acogió las palabras de Heather, Theo la tomó de la mano.

—¡Creo que un saco de patatas no tendría este efecto sobre mí!

Heather sintió la palpitación de su poderosa erección y, durante unos instantes, el tiempo pareció detenerse. La conciencia sexual que se había mantenido oculta durante tanto tiempo rompió sus barreras y afloró como un maremoto.

Su respiración se agitó de pronto como la de alguien que acabara de correr un maratón. La mano de Theo permanecía sobre la de ella, obligándole a sentir el efecto que le producía su proximidad.

—¿Y bien? No creo que lo que estás sintiendo bajo tu mano sea precisamente el resultado de mi menosprecio.

—Tienes... tienes que irte a dormir a otro sitio...

—¿Y simular por la mañana que nada de esto ha pasado? —Theo soltó la mano de Heather, pero sólo para deslizar la suya bajo su camiseta hasta la pródiga curva de sus pechos.

Gimió. Sin su informe ropa, Heather era todo mujer, todo voluptuosidad, curvas...

Se irguió sobre un codo para poder mirarla.

Heather pensó que en la penumbra reinante resultaba diabólicamente sexy. Sus brazos eran equilibradamente musculosos y su preciosa boca... su preciosa boca se estaba acercando a ella.

Con un gritito, Heather cerró los ojos y se perdió en el beso urgente y devorador de Theo. Como con voluntad propia, sus brazos lo rodearon por el cuello para atraerlo hacia sí.

Al cabo de un momento Theo interrumpió el beso... pero sólo para transferir su atención al cuello de Heather.

¿Había deseado aquello desde el principio?¿Había creado inconscientemente fantasías con ella? No creía, pero, si no era así, ¿por qué estaba reaccionando su cuerpo como si estuviera alcanzando algo que llevaba tiempo anhelando?

Alzó la camiseta de Heather y se arrodilló en la cama para verla mejor. Su cuerpo no era como el de los palillos con los que solía salir. Como conocedor de los cuerpos de las mujeres, podía decir con toda sinceridad que nunca había visto unos pechos tan magníficamente abundantes. Los tomó en las manos para sentir su peso en ellas y luego, lentamente, acarició delicadamente sus pezones con los pulgares. Observó fascinado y terriblemente excitado cómo se retorcía Heather bajo sus atenciones, con los ojos firmemente cerrados y los puños apretados.

—Tienes unos pechos maravillosos —dijo con voz temblorosa.

Heather abrió los ojos.

—Supongo que te refieres a que son grandes —Heather nunca había asociado la palabra grande con ningún cumplido, pero el modo en que la estaba mirando Theo hizo que empezara a sentirse muy sexy y orgullosa de sus pechos.

–Maravillosos –repitió él, y a continuación se inclinó para succionar uno de los pezones hasta que Heather empezó a gemir de placer.

Mientras Theo continuaba con el asalto a sus pechos, ella se quitó la camiseta por encima de la cabeza, temiendo que si seguía prestándoles aquella deliciosa atención iba a desmayarse de placer.

Cuando alargó una mano hacia él para acariciarlo, para sentirlo, experimentó una vertiginosa sensación de poder al escuchar que Theo gemía en respuesta.

¡De manera que aquello era lo que se sentía al tener rendido entre sus brazos a aquel hombre maravilloso, al verlo perder su formidable control! Cuando se arqueó hacia él, Theo le quitó con urgencia los pantalones cortos de algodón que utilizaba a modo de pijama.

Un instante después sintió que deslizaba una mano entre sus piernas para explorar con los dedos su reveladora humedad y el palpitante centro de su deseo, lo que hizo que una serie de oleadas de incontrolable placer recorrieran su cuerpo.

Con un sentimiento casi doloroso de anticipación notó que Theo deslizaba los labios desde sus pechos hacia su estómago, un estómago que siempre había resultado desfavorablemente comparado con el de su hermana, algo que a él no pareció importarle, hasta que los detuvo en el vello que ocultaba su feminidad.

–¡No puedes! –exclamó, y el alzó el rostro para mirarla con expresión divertida.

–¿Nunca te han acariciado ahí?

–¡No de ese modo!

–¿De qué modo? –la expresión mezcla de excitación e inocencia de Heather alcanzó de lleno a Theo, cuya sangre ardió de deseo. Para ser un hombre que se preciaba de experto amante, un amante que se tomaba su tiempo y que era un maestro de la delicadeza, parecía haberse visto reducido a un animal salvaje con un solo pensamiento en la cabeza: la posesión.

Sometido a un impulso sexual primario que creía tener dominado hacía tiempo, aspiró el erótico y almizclado aroma del sexo de Heather antes de introducir con ternura su lengua en él.

Necesitó hacer un esfuerzo sobrehumano para no alzarse y penetrarla. Su humedad lo estaba volviendo loco, así como el cimbreo de sus caderas mientras la exploraba con sus labios. Su delicada feminidad era lo más dulce que había saboreado en su vida.

Cuanto notó que estaba a punto de alcanzar el orgasmo, se apartó un instante para tomar las precauciones necesarias.

Para cuando la penetró, Heather ya iba camino de la cima, y sólo necesitó unos profundos empujones para lanzarla a una experiencia sensorial única para ella. Todo su cuerpo se estremeció violentamente mientras se rendía a las oleadas de intenso placer que lo recorrieron, hasta remitir en un cálido resplandor de pura satisfacción.

Pensar que aquel hombre maravilloso la había elevado a aquellas alturas, que se había saciado de ella, le produjo una intensa sensación de gozo.

–Ha sido maravilloso –murmuró, y frunció ligeramente el ceño–. ¿También lo ha sido para ti? Lo cierto es que no tengo demasiada experiencia...

–Me excitas simplemente tal como eres –murmuró él a la vez que la tomaba posesivamente entre sus brazos.

–¿Pretendías que pasara esto? No, por supuesto que no. Entonces, ¿por qué me has hecho el amor? ¿Simplemente porque estaba en tu cama? Sé que probablemente pensarás que estoy loca –continuó Heather, repentinamente consciente de que aquélla no podía considerarse precisamente una conversación típica para después de hacer el amor–, pero necesito saberlo.

–¿Por qué? ¿No has disfrutado? –Theo le apartó el pelo del rostro, conmovido por su ansiedad.

–Ha sido la experiencia más maravillosa que he tenido en mi vida –contestó Heather con sinceridad, algo que bastó para que Theo sintiera un intenso orgullo masculino.

–¿La más maravillosa? –bromeó–. Eso supone una gran presión para mí.

En un instante, Heather se hizo consciente de su erróneo comportamiento. Había sucumbido a Theo sin luchar en lo más mínimo. Tan sólo había protestado un poco al principio, pero luego se había entregado sin reparos... y supuso que Theo estaría pensando con creciente preocupación en la situación creada.

A Theo no le gustaban las mujeres pegadizas, y supuso que tampoco le gustarían las que se comportaban como adolescentes sin experiencia y encaprichadas. Se preguntó cómo podía dar marcha atrás y, sobre todo, cómo mostrarse tranquila y controlada cuando nunca había sido así.

–Lo siento –murmuró.

–¿Por qué lo sientes? Acabamos de compartir una

experiencia alucinante –dijo Theo. ¿Quién habría podido pensar que la mujer cuya compañía había encontrado tan relajante y poco amenazadora ocultaba
tal fuego en su interior?–. Y por eso me siento presionado. ¿Cómo voy a ser capaz ahora de superar mi
primera actuación?

Heather experimentó un intenso alivio. ¿Por qué
iba a haber dicho aquello Theo si su intención fuera
criticarse por su debilidad y echarla de su lado?

La idea de seguir adelante en busca de una vida
independiente abandonó al instante su mente. Amaba
a aquel hombre. Habían hecho el amor y, según sus
propias palabras, había sido una experiencia alucinante. Se sentía como si de pronto estuviera caminando sobre las nubes. Ebria de alegría, se acurrucó
junto a él.

–Tienes un cuerpo muy sexy –murmuró Theo a la
vez que le acariciaba el pecho–. ¿Por qué pasas tanto
tiempo ocultándolo?

–Tú deberías saberlo, Theo –dijo Heather tímidamente–. ¿No se supone que eres un experto en mujeres? No tengo precisamente el cuerpo de una modelo,
¿no?

Theo no contestó. Cada vez le costaba más recordar por qué se había sentido atraído por sus pasadas
modelos.

–No sabes lo que supone para una chica pasar por
la adolescencia sin las ventajas de ser delgada. Los
chicos hacían comentarios desagradables y mis amigas sentían lástima por mí. No interesaba tener una
figura como la mía, así que aprendí a ocultarla.

Por primera vez en su vida, Heather se sentía realmente orgullosa de sus curvas, especialmente porque

era obvio que le gustaban a Theo. Cuando éste le hizo tumbarse de espaldas para volver a disfrutar de sus pechos, Heather suspiró lánguidamente de placer. El calor que había remitido volvió a aumentar y, con un suave gemido de anticipación, separó las piernas para que Theo pudiera acariciarla.

El deseo, la necesidad y el amor la colmaron de una cálida alegría y, mientras acariciaba la cabeza de Theo se entregó de lleno a la experiencia.

Capítulo 5

ANALIZANDO su situación con imparcialidad, algo que a Theo se le daba muy bien, supo que debería sentirse atrapado e inquieto. A fin de cuentas, estaba viviendo su visión particular del infierno. Sus horas de trabajo se habían visto seriamente mermadas. Durante los pasados quince días había estado con su madre en el hospital, donde Litsa se había sometido a una operación de corazón, y después en su piso cuando le habían dado el alta. Había insistido en que su madre se quedara al menos un par de semanas más allí, hasta que estuviera lo suficientemente recuperada como para volver a Grecia.

Litsa había protestado un poco, pero finalmente había cedido sin necesidad de demasiada persuasión.

Heather pasaba parte del día trabajando en sus diseños, pero no parecía importarle sacrificar parte de su tiempo para pasear con Litsa y experimentar bajo su supervisión en la cocina diversas recetas griegas. Litsa estaba encantada relacionándose con la mujer que imaginaba como futura nuera... y Theo no podía culparla por ello. A fin de cuentas, llevaba mucho tiempo esperando.

El hecho de que su madre estuviera viviendo tan sólo una ilusión era algo que apenas preocupaba a su conciencia. Las ventajas de la situación en lo refe-

rente a la salud de su madre eran demasiado evidentes. El médico le había dicho hacía unos días que su
mejoría estaba siendo impresionante, y Theo estaba
convencido de que las cosas no habrían ido tan bien
si su madre hubiera estado sola en el piso sin nada
que hacer excepto pensar en sus preocupaciones.

De momento las cosas iban bien... a pesar de
cómo estaban afectando a su trabajo.

Cerró la tapa de su ordenador y fue a buscar la
chaqueta que colgaba en el armario de su despacho.

Jackie, su secretaria, se asomó al despacho y miró
su reloj disimuladamente. Sabía que la madre de
Theo estaba pasando unos días con él porque había
tenido algún problema de salud, pero aún le asom-
braba ver a su jefe preparándose para salir a las cinco
y media.

—Sea lo que sea, Jackie —dijo Theo sin volverse—,
tendrás que cancelarlo. Me voy.

—Sí, pero...

—Nada de peros. Hasta que mi madre vuelva a
Grecia, mi jornada de trabajo termina a las cinco y
media.

Theo sabía que así debían ser las cosas, pues quería ocuparse de su madre... aunque la perspectiva de
Heather esperándolo también era muy tentadora.

—¿Por qué no te vas tú también a casa, Jackie? —dijo
amablemente—. Los informes pueden esperar a mañana.

Jackie sonrió.

—Creo que esta noche voy a anotar ese comentario
en mi diario. Es la primera vez en tres años que te
oigo admitir que algo puede esperar al día siguiente.

—Escribir un diario es una afición muy triste para

una mujer de cuarenta años –dijo Theo con una sonrisa.

–Pues yo espero que tengas anotado en el tuyo la cita de mañana por la tarde.

Theo frunció el ceño y abrió la boca para protestar, pero Jackie siguió hablando.

–Se trata de la fiesta anual de la empresa –dijo mientras se acercaba a él para entregarle la invitación–. Todo el mundo espera que asistas.

Theo sabía que sus empleados esperaban ver con qué mujer explosiva acudía a la fiesta aquel año. Durante la fiesta se consumía bastante alcohol, pero la comida solía ser bastante buena y el acontecimiento siempre era un éxito. Él solía dar un breve discurso de saludo y se quedaba hasta el final, a pesar de que sus acompañantes siempre acababan aburridas y empezaban a hacer ruiditos de protesta poco después de los postres.

–No me la perdería por nada del mundo –murmuró mientras guardaba en el bolsillo la invitación.

–¿Vas a ir con una de tus preciosas chicas?

–Espera y verás, Jackie. Y ahora, vete a casa. Tienes un diario que escribir y un marido y unos hijos a los que atender.

–Lo sé, lo sé. ¿No te parece que llevo una vida realmente excitante? –bromeó Jackie en tono irónico.

Camino de su casa, Theo pensó en lo poco excitante que solía ser su vida. Normalmente no se habría ido del despacho antes de las ocho.

Para cuando llegó al apartamento su mente estaba llena de imágenes de Heather, que probablemente habría cocinado algo para él y lo estaría esperando con su madre.

Entró silbando.

Heather se levantó para recibirlo, sonriente.

–Tu madre está mucho mejor –dijo, mientras se ponía de puntillas para que la besara en los labios–. Hemos ido a dar un paseo y luego hemos hecho unas compras –miró por encima del hombro a Litsa, que los contemplaba con expresión complacida desde el sofá–. ¿Te apetece algo de beber?

–Te diré lo que me apetece después, cuando estemos a solas –Theo deslizó una mano disimuladamente por los pechos de Heather y observó con placer cómo se ruborizaba.

Heather pensó en la noche que la esperaba. ¡La vida era maravillosa! Su plan de irse había abandonado por completo su mente gracias a las mágicas caricias de Theo. Además, adoraba a su madre, que era una mujer valiente, sabia y delicada... y no era habitual que a una mujer le gustara la madre de su novio.

Porque eso era lo que se consideraba: la novia de Theo. Era cierto que al principio no había sido más que una farsa, pero eso había sido entonces, y aquello era ahora. Theo le hacía el amor todas las noches y no hacía más que decirle que la encontraba irresistible.

¡La vida no podía ser mejor!

Cuando, más tarde, Theo la invitó a asistir a la fiesta de su empresa, ella cerró los ojos de felicidad y aceptó.

Divertido al ver su expresión embelesada, Theo se sintió obligado a decirle que el acontecimiento podía resultar bastante prosaico. Habría montones de comida y bebida y el habitual coqueteo entre los miembros más jóvenes de la plantilla de la empresa.

Heather apenas lo escuchó.

—¿Qué debería ponerme?

—Ve a comprarte algo —dijo Theo, que ya había perdido el interés en el tema. Llevaba toda la tarde deseando meter a Heather en la cama y, tras haberlo conseguido, no tenía intención de perder el tiempo hablando de ropa.

La besó lentamente, tomándose su tiempo. Aquella noche pensaba llevarla hasta el límite y, cuando descendiera, volvería a llevarla una vez más hasta la cima. La besó con delicadeza en el cuello y, cuando se inclinó para perderse en la maravilla de sus pechos, ella lo atrajo hacia sí.

—Podrías venir de compras conmigo...

—Mmm. ¿Por qué no? —murmuró Theo a la vez que le dedicaba una sonrisa muy sexy.

Heather suspiró de placer y se entregó de lleno a disfrutar de la noche.

Cuando despertó a la mañana siguiente, Theo encontró a Heather mirándolo de arriba abajo desde el otro lado de la cama y sonrió. Nunca había conocido a una mujer que manifestara tan abiertamente su atracción sexual, y eso le gustaba.

—¿Qué hora es? —preguntó a la vez que apartaba las sábanas para salir de la cama. Pero al ver el tentador cuerpo de Heather en todo su esplendor, decidió que daba lo mismo la hora que fuera.

—Uh, uh —dijo Heather a la vez que volvía a cubrirse con la sábana—. Las compras. ¿Recuerdas?

—¿Qué tengo que recordar?

—Anoche dijiste que hoy vendrías de compras conmigo. No tengo nada que ponerme para la fiesta de la empresa y soy muy indecisa a la hora de comprar. Siempre acabo comprando la ropa equivocada.

–¿Te prometí eso? –preguntó Theo, perplejo–. Lo cierto es que no lo recuerdo –añadió, odiándose por tener que echar aquel cubo de agua fría sobre Heather, pero consciente de que tomarse el día libre para ir de compras con una mujer, por muy sexy que ésta fuera, no era una opción–. Lo siento, Heather, pero no puedo acompañarte.

Heather sonrió. O al menos lo intentó. ¡Theo ni siquiera se acordaba! Había estado tan ocupado disfrutando de ella que no recordaba lo que le había prometido.

–De acuerdo. No hay problema –dijo mientras se encaminaba al baño de espaldas a él, con los ojos llenos de lágrimas.

Cuando salió veinte minutos más tarde, lo encontró vestido y esperándola.

Por un instante tuvo la esperanza de que hubiera cambiado de opinión, aunque sabía que aquello no era más que un indicio de su debilidad. En lugar de ello, Theo le dio su tarjeta de crédito y le dijo que fuera a Harrods a comprar lo que quisiera. Él les avisaría con antelación de que iba a ir.

–De acuerdo –Heather aceptó la tarjeta, aunque no tenía intención de usarla. ¿No tenía ya suficiente dinero en el banco gracias a él?

–Tal vez podríamos vernos para almorzar –dijo Theo. Por una vez estaba teniendo problemas con su conciencia... aunque Heather ya no parecía especialmente decepcionada. Un rato antes había temido que fuera a ponerse a llorar, pero, afortunadamente, no había sido así.

–No –dijo Heather animadamente–. Voy a tratar de quedar con Beth. Me gustaría llevarme a tu madre para que comprara algunas cosas antes de volver a Grecia el domingo, pero no creo que las multitudes vayan a hacerle ningún bien.

Litsa se iba y Heather se preguntó qué pasaría entonces con ellos. ¿Esperaría Theo que las cosas volvieran a ser como antes? Una hora antes habría negado aquella posibilidad, pero las dudas empezaban a aflorar a través de la bruma optimista e irreal de sus sueños.

Permaneció ante él, deseando que le dijera algo que sus dudas se desvanecieran, pero Theo se limitó a sonreír y a acercarse a ella para besarla en los labios. Con un patético gemido de rendición, Heather lo tomó por la solapas de la chaqueta y lo atrajo hacia sí.

Satisfecho, Theo sonrió de nuevo y se preguntó de dónde habría salido el escalofrío de preocupación que había sentido un rato antes. Estaba tan seguro de que Heather lo deseaba como cualquier hombre podía estarlo de algo en su vida.

Tres horas más tarde Heather salía del apartamento para enfrentarse cara a cara con los recelos de su amiga Beth.

–Me temo que esto no va a acabar bien –dijo Beth, y aquello era precisamente lo último que Heather quería escuchar–. Si hubieras tenido el más mínimo sentido común no habrías aceptado participar en esa farsa de relación.

–Ya no es una farsa –dijo Heather a la defensiva–. Lo amo y sé que él siente algo por mí...

–¿Porque has sido lo suficientemente tonta como

para acostarte con él? –Beth rió cariñosamente–. Tienes que volver al planeta tierra, Heather. Tienes que comprender que tu relación con él no es más real de las que ha tenido Theo en el pasado con todas esas mujeres sofisticadas. Tú misma te has ocupado de comprar los ramos de rosas que algunas de ellas han recibido a modo de despedida.

–Sí, lo sé, pero... –pero el caso de ella era distinto, ¿no? Pasaba las noches en la cama con Theo, en su piso... había conocido a su madre... ¿acaso no significaba nada todo aquello?

–Sólo estoy diciendo que tienes que ser realista, Heather –dijo Beth, que conocía suficientemente a los hombres como Theo como para saber que podían resultar letales para la salud de una mujer–. Cuando su madre se vaya, me temo que Theo pretenderá que las cosas vuelvan a ser como antes.

–Haces que parezca un monstruo –dijo Heather, que empezaba a arrepentirse de haber quedado con Beth para que la ayudara a comprar el vestido. Aparte de sus consejos respecto a éste, esperaba haber encontrado apoyo en ella para su teoría de que lo que estaba pasando «tenía que significar algo». Pero había iniciado la conversación contándole que Theo había incumplido su promesa de acompañarla y desde ese momento todo había ido cuesta abajo

De manera que, cuando terminaron de comer y se acabaron los sermones, se enfrentó a la tarde de compras que se avecinaba con un pequeño suspiro de resignación.

–Primero dime la clase de ropa en que has pensado y luego te digo lo que he pensado yo –dijo Beth.

Tras pensar un poco, Heather decidió que algo de

color oscuro le sentaría bien a su figura. Algo elegante y serio, que no llamara la atención. Iba a encontrarse con gente que no conocía de nada y lo mejor que podía hacer era comprarse algo que la hiciera pasar desapercibida. Manifestó su opinión en tono indeciso, aunque trató de razonarla.

—No, no... y no —dijo Beth con una sonrisa satisfecha, y Heather sintió que había caído en una trampa mientras su amiga llamaba a un taxi—. Vas a sorprender a ese bastardo con tu atuendo, lo que significa que vas a verte con él directamente en la fiesta. Puedes cambiarte en mi apartamento. Yo te llevaré luego.

—Theo no es un bastardo —murmuró Heather.

Durante el trayecto en taxi, Beth fue enumerando todos los motivos por los que Heather debía seguir sus consejos. Debía demostrar a Theo que era una mujer independiente, y no el felpudo que él asumía que era. Tenía que romper con el hábito de vestir como lo hacía, porque el mar estaba lleno de peces coloridos, juguetones y divertidos y no tenía por qué atarse al mayor tiburón de la ciudad. Pronto llegaría el día en que no podría seguir ocultándose en su mundo de sueños. ¿Qué pasaría si huía de la realidad y se ocultaba en su apartamento, si sólo salía con una ropa que la hiciera invisible? ¿Sería capaz de encontrar alguna vez un compañero?

—No me quedan bien los colores vistosos —protestó Heather, asustada por el panorama que estaba pintando su amiga—. Y no puedo quedarme en tu apartamento hasta que llegue la hora de irme.

—¿Por qué no?

—Porque... —la idea de presentarse sola en la fiesta

aterrorizaba a Heather. Había logrado llegar hasta aquel momento de su vida sin tener que pasar por una experiencia como aquélla. Si llegaba con Theo, al menos podría esconderse tras él.

–No te preocupes. Todo irá bien. Mejor que bien –dijo Beth para animar a su amiga–. Confía en mí. Adelante. Llama a Theo antes de que te eches atrás.

A pesar de sí misma, Heather sabía que todo lo que estaba diciendo su amiga tenía mucho sentido. Su relación con Theo no era real. Porque Theo no se había enamorado locamente de ella. Su supuesta relación no era apenas más que una relación sexual. Al parecer, y por motivos que no llegaba a comprender, Theo se sentía sexualmente atraído por ella. Pero, como había dicho Beth, eso no significaba nada.

Ella quería una relación significativa. Había querido creer que hacer el amor con Theo era el primer paso para conseguirla. Tal vez era así, pero probablemente... y, además, tampoco le vendría mal que Theo tuviera un toque de advertencia. Estaba fantaseando sobre la posibilidad de sorprenderlo cuando Beth le puso el móvil en la mano.

La llamada a Theo sólo sirvió para reforzar su decisión. Su actitud fue realmente cortante. Según dijo estaba en una reunión y no podía dedicarle tiempo en aquellos momentos.

–Probablemente no podré volver al piso a tiempo para acudir a la fiesta contigo –dijo Heather rápidamente.

–En ese caso, nos vemos allí –replicó Theo–. Ya eres mayorcita para ir sola.

Heather sintió una absurda decepción por su actitud. Pero no era culpa de Theo estar ocupado, y hacía tiempo que sabía que el trabajo era lo más importante de su vida.

—¿Y bien? —preguntó Beth cuando vio que colgaba.

—Estoy en tus manos —dijo Heather con un suspiro.

Beth sonrió de oreja a oreja.

—Bien. A partir de ahora, no esperes descansos.

Y no los hubo.

Primero se centraron en la ropa. Beth hizo caso omiso de las protestas de Heather sobre su figura y le hizo probarse todo tipo de vestidos. Cuando iban por el tercero dejó de protestar por la cantidad de carne expuesta y se entregó dócilmente a la experiencia de ser transformada. Para el sexto ya empezaba a pensar que en realidad no estaba tan mal con menos ropa. Los pechos que había ocultado avergonzada desde los trece años eran perfectos para los generosos escotes de los modernos vestidos que se estaba probando, y sus piernas tampoco estaban mal. Sí, su figura era de ánfora, pero eso no tenía por qué ser necesariamente malo. Era posible que Claire tuviera una figura de modelo, pero ella poseía su propio encanto físico.

Perdió la cuenta de todos los vestidos que se probó hasta elegir el definitivo. Su delicada tela de color azul turquesa realzaba el tono de su marfileña piel y se ceñía a su cuerpo sin pegarse a él, y el corte, con un atrevido escote, revelaba el inicio de unos pechos que, según Beth, muchas mujeres habrían querido poseer.

Elegir los zapatos les llevó menos tiempo.

–Nunca podré caminar con ésos –dijo Heather, mirando con escepticismo los zapatos color crema de tacón alto elegidos por su amiga.

–No tienes que andar. Tienes que pavonearte.

A continuación fueron a la peluquería, donde, tras teñirle el pelo de un rubio imposible, el peluquero, en connivencia con Beth, decidió dejarle sus rebeldes rizos naturales porque, según dijo, le daban un aspecto muy provocativo, que contrastaba con su aspecto de inocencia.

Beth soltó un prolongado silbido cuando, ya en su apartamento, Heather se detuvo frente al espejo y se quedó boquiabierta ante la desconocida que le devolvía la mirada.

Estaba asombrosa. Lo contrario a invisible. El delicado trabajo de Beth con el maquillaje había sido increíble. Tenía un aspecto... ¡muy sexy!

El silbido de Beth fue seguido de diversas recomendaciones. «No camines deprisa, no bebas demasiado, no hables demasiado, no hables demasiado poco, no coquetees con los jóvenes y, sobre todo, ¡no te acuestes con el jefe!»

–Creo que esto ha sido buena idea –dijo Heather cuando Beth detuvo el coche ante el hotel en que iba a celebrarse la fiesta–. Me aterroriza la idea de entrar sola, pero...

–Tienes que hacer cosas por tu cuenta de vez en cuando. Se llama independencia. Y ahora, ¡fuera!

Cuando Heather entró en el hotel, dando pasos muy cortos para no estropear su nueva imagen, descubrió por primera vez en su vida lo que era que se volvieran a mirarla.

¡De manera que aquello era lo que se sentía al entrar en un sitio con la cabeza alta y recibir aquellas miradas de reojo! Desde luego, la experiencia no se parecía nada a entrar ocultándose tras un grupo de gente.

Un botones la condujo hasta el salón en que iba a celebrarse la fiesta, que ya estaba abarrotado de gente.

Localizó casi de inmediato a Theo. Estaba charlando desenfadadamente con un grupo de empleados de la empresa.

Avanzó hacia él entre la multitud, notando que las miradas de interés no habían remitido. Cuando Theo la vio, Heather agradeció en silencio que Beth la hubiera presionado para hacer aquello, porque sólo le faltó quedarse boquiabierto.

Un momento después Theo la estaba presentando a varios de sus colegas y a su secretaria Jackie, que en determinado momento durante la cena, cuando el vino ya había circulado generosamente, le dijo que había supuesto un gran cambio conocer finalmente a una amiga de Theo que tenía algo que decir por sí misma.

Heather se encontraba en su elemento. No entendía por qué se había sentido tan insegura antes, porque Theo no dejaba de mirarla con evidente admiración, y cuando, a punto de finalizar la fiesta, le susurró al oído que si no se iban pronto iba a tener que llevársela al guardarropa más cercano para hacer lo que realmente le apetecía con ella, Heather temió desmayarse allí mismo.

Cuando salieron un rato después, el chófer de Theo los estaba esperando fuera.

—Has estado brillante —le dijo Theo una vez que

estuvieron en el coche, mientras le masajeaba el cuello con una mano.

–¿En serio? –preguntó Heather, orgullosa–. ¿Crees que ha tenido algo que ver mi aspecto?

–Te has relacionado como una veterana –dijo Theo a la vez que la atraía hacia sí–. Y sí, tu aspecto es... deslumbrante –añadió mientras pasaba una mano tras su cintura y la curvaba hacia el tentador escote del vestido–. Totalmente deslumbrante...

Heather tembló de placer ante la expectativa de ser acariciada... ¡en la parte trasera de un coche, nada menos, otra nueva experiencia para ella!

Theo no dejó de besarla y acariciarla durante todo el trayecto y, cuanto llegaron al piso, Heather se alegró de que Litsa tuviera el sueño profundo y de que su habitación no estuviera cerca de la Theo, porque prácticamente fueron corriendo al dormitorio en su ansia por colmar la promesa de lo que habían iniciado en el coche.

Capítulo 6

HEATHER trató de olvidar las dudas que sentía desde que había ido de compras con Beth, pero, con Litsa a punto de irse, no pudo evitar que afloraran.

Theo había tratado de convencer a su madre para que se quedara unos días más en Londres, pero, como la mayoría de las personas mayores, Litsa echaba de menos la familiaridad de su entorno habitual.

Theo había organizado las cosas para que alguien fuera a ocuparse a diario de su madre, pero seguía preocupado. Heather quiso reconfortarlo tomándolo de la mano, pero no sabía cómo reaccionaría ante su gesto... lo que resultaba muy revelador. Aquél era otro indicio de sus dudas, pero logró aplacarlas mientras Theo ayudaba a su madre a salir del coche en el aeropuerto. Dedicó una resplandeciente sonrisa a Litsa, satisfecha de que tuviera mucho mejor aspecto que unas semanas atrás.

El abrazo que se dieron fue sinceramente cálido.

–Cuida de mi hijo por mí –murmuró Litsa, y la mirada de Heather voló hacia Theo, que las estaba observando con expresión divertida.

–Creo que puedes confiar en que soy capaz de cuidar de mí mismo, mamá.

—Todo hombre necesita una mujer —dijo Litsa en un tono que no admitía discusión—. Puede que él no sé dé cuenta, pero así es. Y me alegra que tú también hayas encontrado a alguien, hija —añadió, satisfecha.

Heather observó atentamente a Theo para ver cómo le habían afectado las palabras de su madre, pero su expresión era impenetrable.

—Te llamaré a diario, mamá, y no se te ocurra mentirme respecto a cómo te encuentras porque también pienso hablar con la enfermera que he contratado, y con mis tíos.

—¡Vas a espiarme como si no fuera capaz de cuidar de mí misma! —protestó Litsa mientras su hijo la ayudaba a subir al avión. Dedicó una última mirada a Heather y ambas compartieron un momento de diversión a costa del tono autoritario de Theo—. ¿Cuándo volveré a veros? —añadió Litsa.

Heather contuvo el aliento. La respuesta de Theo podía darle alguna pista de lo que estaba pasando por su cabeza.

—Será mejor que te tomes las cosas con calma —murmuró Theo—. Tienes que recuperarte del todo antes de empezar con tus invitaciones.

Cuando, unos minutos después, el avión despegó, Heather sintió que sus nervios aumentaban. La madre de Theo se había ido y sospechaba que no iba a tardar en averiguar cuáles eran los planes de éste para su relación.

—Espero que tu madre se encuentre bien en Grecia —dijo para romper el sofocante silencio mientras se alejaban en coche desde el aeropuerto.

—¿Y por qué no iba a encontrarse bien? —preguntó Theo con el ceño fruncido—. La van a recibir mis tíos y la enfermera que he contratado para que la cuide, y no necesitará mover un dedo para hacer nada.

–Supongo que echará de menos tenerte cerca.

–Mi madre entiende que trabajo aquí y que tengo muchas dificultades para irme.

Heather se mordió el labio inferior y trató de pensar en algo desenfadado qué decir. Era una locura que hubiera alcanzado aquel grado de intimidad con Theo y que sin embargo...

El silencio entre ellos resultaba ensordecedor. Respiró profundamente y se puso a hablar sin ton ni son de Grecia y a hacer preguntas sobre la casa de Litsa. Cuando comprendió que Theo podía pensar que estaba tratando de conseguir una invitación, empezó a hablar de las vacaciones en general.

Para cuando llegaron al piso, la tensión que sentía ya era insoportable.

Pensó en el dormitorio que habían compartido durante aquellas semanas. A lo largo de los días había ido llevando más y más ropa allí. Pensó en la intimidad de su cepillo de dientes junto al de Theo... y se sintió enferma por lo que sabía que tenía que hacer.

–¿Quieres algo de beber? –preguntó Theo mientras se encaminaba hacia la cocina.

Heather asintió y lo siguió. Esperó sentada en un taburete a que Theo le diera el vaso y luego se lanzó de lleno a preguntar lo que la agobiaba.

–¿Qué va a pasar ahora, Theo?

Theo la miró un momento por encima del borde de su vaso.

–¿Tú qué quieres que pase?

Heather lo miró a los ojos y trató de no amilanarse.

–Tu madre se ha ido. Ya no hay necesidad de...

–¿De que sigamos siendo amantes?

Expresada así, su relación, que tanto significaba para Heather, parecía reducirse al nivel de dos adultos que hubieran decidido compartir la cama para divertirse. La fuerza de la costumbre y su propia naturaleza risueña hicieron que disculpara de inmediato a Theo. No era un hombre al que se le dieran bien las palabras de afecto. Además, debía estar preocupado por su madre.

–No me haces ningún favor si imaginas que el único motivo por el que me he acostado contigo ha sido para hacer más creíble la farsa ante mi madre. Y tampoco te lo haces a ti misma.

Heather sonrió, aliviada.

–Me alegra tanto que hayas dicho eso, Theo. Pensaba que...

–¿Que lo que hay entre nosotros iba a llegar a un final prematuro? –la sensual boca de Theo se curvó en una devastadora sonrisa. A continuación retiró el vaso de la mano de Heather y se inclinó hacia ella para poder besarla. Pero aquél no fue uno de los besos ardientes a los que estaba acostumbrada Heather. Fue un beso conmovedoramente delicado, y Heather se perdió en su acariciante boca, distrayéndose por un momento de sus planes.

Cuando, finalmente, Theo se apartó, ella lo miró con expresión compasiva.

–Sé que estás conmocionado por lo que le ha pasado a tu madre, Theo. Nunca esperamos que a nuestros padres les suceda nada, y cuando ocurre no estamos preparados para ello. Pero tú madre va a estar bien. Lo sé.

Si hubiera venido de otra persona, Theo habría rechazado de inmediato su manifestación de compasión, pero al mirar los grandes ojos azules de Heather vio en ellos algo que lo conmovió.

–Me alegra tener a mi propia adivina viviendo conmigo –murmuró–. ¿Te gustaría manifestar tu compasión de un modo que no fuera meramente verbal? –preguntó con una sugerente sonrisa.

Heather sintió que su determinación perdía fuerza. Cuando Theo se encaminó hacia el dormitorio se encontró siguiéndolo como si sus piernas tuvieran voluntad propia.

–Resulta extraño... –dijo mientras miraba en torno al dormitorio, en el que había indicios evidentes de su estancia en él.

–¿Qué resulta extraño?

–Estar aquí sin que tu madre se encuentre en casa...

Theo rió.

–La mayoría de las mujeres habrían encontrado extraño lo contrario –dijo mientras empezaba a desabrocharse la camisa.

Sólo cuando ya estaba medio desnudo se dio cuenta de que Heather seguía junto a la puerta, con las manos tras la espalda.

–¿Quieres que haga un strip-tease para ti? –preguntó con suavidad. Pensar en acostarse con Heather estaba liberándolo de la tensión que le había producido la marcha de su madre. Nunca lo habría admitido en alto, pero le preocupaba terriblemente que se hubiera ido tan pronto. Quería encontrar un santuario de paz para sus pensamientos en la mujer que tenía ante sí... una mujer totalmente vestida que parecía extrañamente indecisa.

Con la arrogancia de las personas muy seguras de sí mismas, Theo apartó de su mente cualquier pensamiento de que Heather no quisiera meterse en la cama con él y siguió desvistiéndose.

Heather notó que se le secaba la boca mientras veía que Theo empezaba a quitarse el cinturón. Aquel hombre tenía la capacidad de paralizar sus pensamientos y lograr que se convirtiera en una marioneta obediente.

Se esforzó por recordar que no podía permitir que sucediera aquello. Tenía una oportunidad de oro para averiguar qué significaba todo aquello realmente para él, y no pensaba dejar pasar la oportunidad.

—Lo cierto es que me gustaría hablar...

Theo entrecerró los ojos.

—¿Hablar? ¿Hablar de qué? Ya me has mostrado tu compasión, y te aseguro que no voy a desmoronarme de aprensión respecto a la salud de mi madre. Llamaré a diario a preguntar por ella y, si surge el más mínimo problema, volaré hasta allí de inmediato.

—Estoy segura de que no habrá ningún problema —dijo Heather, sin moverse—. Pero no pensaba hablar de tu madre.

—Ah —Theo asintió—. Quieres seguir por donde lo habíamos dejado antes, ¿no? Quieres que te asegure que te deseo, que no me he acostado contigo sólo por las circunstancias —sonrió lentamente y se acercó a ella—. No esperaba tener que demostrarte que mi deseo es auténtico. Ya has podido comprobar de primera mano el efecto que produces a mi cuerpo...

Heather se estaba esforzando por respirar. Cerró los ojos un momento para tratar de controlar sus díscolos sentidos. Cuando volvió a abrirlos respiró profundamente.

–Sólo quiero saber qué va a pasar ahora... ya sabes... con nosotros...

Para Theo, el significado de las palabras de Heather fue el equivalente a una larga ducha de agua fría. Todo rastro de pasión abandonó su cuerpo al instante.

–Creía que ya habías hecho esa pregunta.

–Lo sé. Pero no me has contestado –Heather se arriesgó a echar un rápido vistazo al rostro de Theo y, al ver la frialdad que reflejaba, se le encogió el estómago.

–De acuerdo –dijo Theo mientras volvía a ponerse la camisa–. Lo cierto es que ambos debemos lo que tenemos a una imprevisible combinación de circunstancias. De no haberse presentado mi madre inesperadamente, y si no hubiera sacado las conclusiones que sacó, no nos habríamos acostado juntos. Pero, ya que lo hemos hecho, no veo la necesidad de interrumpir las cosas.

A Heather le dolió profundamente que Theo pensara que sin la intervención del destino ni siquiera se habría fijado en ella como mujer. Había pasado casi dos años manteniéndose en segundo plano, aceptando las migajas que Theo estuviera dispuesto a darle, imaginando que alguna vez llegaría el día en que finalmente la vería como la mujer que era. Pero había estado viviendo un sueño. Se abrazó a sí misma y bajó la mirada. Estaba segura de que el mundo entero podía escuchar en aquellos momentos los intensos latidos de su corazón.

Irritado por su silencio, Theo frunció el ceño.

–¿Y bien? ¿No vas a decir nada?

–¿Qué quieres que diga? –todas las dudas que habían ido creciendo en la mente de Heather desde la

tarde que había salido de compras con Beth cristali-
zaron de repente.

Theo se había encontrado por casualidad con ella
en la cama, le había gustado lo que había visto y la
había utilizado. Pero apenas podía culparlo por ello,
pues ella se había prestado gustosa a que lo hiciera.

—Esta conversación empieza a aburrirme —dijo
Theo mientras se encaminaba hacia la puerta.

En aquellos momentos, Heather habría querido
esconderse en algún rincón oscuro, pero sabía que no
podía dejar así las cosas, de manera que salió unos
segundos después tras él.

Lo encontró en el cuarto de estar, sirviéndose un
generoso whisky.

—Siento estar aburriéndote, Theo. Sé que te gusta
mantener relaciones superficiales con las mujeres...

—¡No hay nada superficial en el sexo! —bramó él a
la vez que dejaba el vaso sobre la mesa con tal fuerza
que parte del contenido se derramó. Maldijo entre
dientes mientras tomaba un paño del mueble bar para
secar la mesa.

—No... cuando forma parte de una relación más
profunda...

Theo miró a Heather atentamente.

—No cuando forma parte de una relación placen-
tera. Ésa es la cuestión, Heather. Las relaciones pueden ser placenteras sin necesidad de ser profundas.

Ambos estaban caminando de puntillas en torno al
tema central. Heather podía manifestar su acuerdo
con el punto de vista de Theo, aceptar lo que le estaba ofreciendo, que era mucho más de lo que había
tenido en el pasado, o podía mantenerse firme en sus
trece.

–Sólo necesito saber hacia dónde se dirige nuestra relación. ¿Hay alguna clase de futuro para nosotros?

Theo apenas podía creer lo que estaba escuchando. Acababa de ofrecer a Heather la posibilidad de tener una relación con él, algo que nunca había ofrecido a otra mujer, ¿y cuál era su reacción? Empezar a pensar en el futuro, algo que parecía ocupar un lugar desproporcionado en las mentes de las mujeres.

–Creo que te has dejado influir demasiado por mi madre. En algún momento has permitido que la farsa se convirtiera en realidad. Déjame que te aclare la situación.

Heather no quería que le aclarara la situación. Y tampoco quería que Theo le dedicara la fría mirada de un desconocido. Quería recuperar al hombre que conocía, al hombre al que amaba. Pero en unos instantes después quedó claro que no iba a recuperarlo.

–Cualquier idea de permanencia entre nosotros ha sido algo creado artificialmente por el bien de mi madre. Estaba débil y en su momento no me sentí con ánimos de explicarle la verdad. Mi madre pertenece a una época en que el hecho de que dos personas vivieran juntas constituía una relación...

–Pero tú y yo tenemos una relación...

–La tenemos –interrumpió Theo–, pero es una relación de naturaleza meramente sexual. Es algo que no esperaba, y estoy dispuesto a que continúe, pero nunca podrá llegar a ser más que eso.

–¿Y cuándo piensas decirle la verdad a tu madre?

–Eso es algo de lo que no tienes por qué preocuparte –contestó Theo con indiferencia–. Cuando esté totalmente recuperada le diré que ya no formas parte de mi vida... que las cosas no funcionaron... que somos incompatibles.

Heather asintió, aturdida, y reprimió el impulso de defender su relación, de decirle que sí eran compatibles. ¿Acaso no llevaban más de un año viviendo juntos? Pero logró permanecer en silencio.

—Se llevará una decepción, pero se recuperará —continuó Theo, seguro de sí mismo.

—¿Y tú te asentarás alguna vez, o hay demasiadas mujeres en el mundo a las que conocer, Theo?

A Theo aquello le daba igual. El hecho de que no estuviera dispuesto a comprometerse en una relación no significaba que fuera superficial y frívolo en su trato con las mujeres. Miró a Heather con los ojos entrecerrados y se dijo que lo que estaba sucediendo era lo mejor. Había sido una tontería ofrecerle que siguieran durmiendo juntos. Estaba claro que ella ya había empezado escuchar campanillas de boda, algo totalmente inviable.

—Lo creas o no, no ambiciono acostarme con todas las mujeres posibles antes de morir.

—No, sólo te acostarás con las que te garantizan que no quieren una relación. Pero no hay muchas de ésas por ahí.

Theo estaba atónito. ¿Cuándo había cambiado todo? ¿No había trabajado Heather con él durante casi dos años? ¿No había visto de primera mano cuál era su punto de vista respecto al compromiso en las relaciones?

—No puedo creer que precisamente tú me estés diciendo todo esto.

Ya que Heather tampoco podía creerlo, optó por permanecer en silencio.

–No busco una compañera porque en este momento de mi vida necesito ser libre para seguir adelante con mi carrera –continuó Theo–. No sería justo que me casara con una mujer y le hiciera creer que podía ocupar algo más que el segundo lugar en mi vida. ¿Qué mujer querría eso?

Heather estuvo a punto de reír en alto. Por lo visto, Theo pensaba que iba por ahí haciendo favores a las mujeres al negarse a comprometerse con ellas.

–Tienes razón –asintió–. Ninguna mujer querría eso.

Theo sintió un arrebato de rabia que reprimió enseguida, sorprendido por la irracionalidad de su reacción. Estaba haciendo lo que normalmente hacía con cualquier mujer que empezaba a fantasear sobre lo imposible. Hizo un esfuerzo por controlar sus dispersos pensamientos y toda una vida de autodisciplina acudió en su rescate.

–¿Nunca te cansas, Theo? –preguntó Heather con curiosidad.

–¿Cansarme? ¿De qué?

–Oh, no sé... de tantos rostros diferentes, de tener que preparar el terreno... de las nuevas citas, las nuevas mujeres, las nuevas conversaciones...

–Disfruto con la variedad –Theo se levantó bruscamente y se encaminó hacia el sofá. Le gustaba tan poco aquella conversación como la sugerencia de Heather de que era superficial en su trato con el sexo opuesto.

Al parecer la conversación había terminado, y Heather permaneció en su asiento, esforzándose por contener las lágrimas. Finalmente se levantó y se encaminó hacia el dormitorio.

–¿Has reconsiderado mi oferta? –preguntó Theo en tono desenfadado.

Heather se volvió hacia él hecha una furia.

–¡No, no la he reconsiderado! ¡No se me ocurriría volver a meterme en tu cama sabiendo que en cualquier momento podrías echarme para poder seguir adelante con tu vida!

–Entonces, ¿por qué te acostaste conmigo la primera vez?

–Tu madre asumió...

–Mi madre asumió que manteníamos una relación, pero eso no responde a mi pregunta... Ah... ya comprendo... –Theo permaneció un momento en silencio mientras asentía lentamente–. Viste una oportunidad y te aferraste a ella con ambas manos –añadió en un tono que dejó helada a Heather–. Antes me he preguntado cómo podían haber cambiado tan drásticamente las cosas entre nosotros. Llevas meses ocupándote de la casa, ayudándome en mi trabajo cuando lo he necesitado, y todo sin quejarte. Sin embargo, aquí estás ahora, exigiéndome promesas de un futuro...

–Yo no te he exigido nada... yo...

–¡Cállate! –espetó Theo–. ¿Cuándo empezaste a pensar en el buen partido que podía ser? ¿Cuando supuestamente te dejaste tentar para meterte en mi cama? Supongo que pensaste que si jugabas bien tus cartas conmigo tendrías una oportunidad, ¿no?

Heather se puso intensamente pálida.

–¿Qué... qué...? –balbuceó.

–¿Pensaste que conseguirías algo camelando a mi madre? A fin de cuentas, sabías que ninguna otra mujer había estado nunca en situación de conocer a algún miembro de mi familia. Tal vez pensaste que las circunstancias habían puesto esa oportunidad en tus manos... Una vez me dijiste que creías en el destino...

–¡No! ¡Nada de lo que estás diciendo es cierto!

Cada vez más lanzado, Theo ignoró la interrupción de Heather.

–¡Acostarte conmigo sabiendo que te deseaba debió ser la guinda que colmó el pastel! –pensó en las numerosas ocasiones en que había deseado que llegara la noche para volver a casa y estrecharla entre sus brazos, para sentir las voluptuosas curvas de su cuerpo bajo sus manos, y se odió por su debilidad–. ¿Cuándo empezaste a pensar que podría ser una buena presa? ¿Cuando viniste aquí y viste mi casa por primera vez? –Theo recordó la expresión maravillada de Heather, sus ojos abiertos de par en par mientras miraba a su alrededor... y podría haberse abofeteado por no haber pensado en ningún momento que iba tras su dinero.

–No se cómo puedes seguir ahí diciendo esas cosas, Theo –murmuró Heather, desolada.

–Porque soy un hombre muy práctico. Y también soy muy rico. Y los hombres ricos y prácticos tenemos mentes suspicaces. Deberías haberlo tenido en cuenta.

–Esto es como un mal sueño –susurró Heather.

–Las personas se despiertan de los malos sueños. Pero esto no es un sueño. Esto es la realidad.

–Sí. Sí lo es –dijo Heather. Una realidad que se había buscado ella misma.

Como un autómata, giró sobre sus talones y fue al dormitorio, donde empezó a sacar frenéticamente sus posesiones de armarios y cajones para arrojarlos a la cama.

Cuando salió para acudir a su antigua habitación por el resto, no vio rastro de Theo. Probablemente estaría en su estudio. Después de todo el tiempo que habían convivido en aquella casa, al parecer pensaba dejar que se fuera sin ni siquiera tomarse la molestia de despedirse de ella.

Tras terminar de hacer su equipaje fue hasta la puerta principal, donde permaneció un momento indecisa, sin saber si tratar de buscarlo. Finalmente decidió no hacerlo. Theo ya había dicho lo que tenía que decir, y estaba claro que la consideraba una oportunista.

Escribió una rápida nota en la que le agradecía el trabajo que le había dado, que le había permitido financiarse sus estudios, y a continuación dejó la nota sobre la mesa del recibidor con la llave del piso encima.

Theo escuchó el clic de la puerta al cerrarse desde el santuario de su estudio y frunció el ceño. Seguro que Heather había estado dudando si interrumpirlo para despedirse. Lo sabía porque la conocía bien, algo que no era de extrañar, dado el tiempo que habían vivido bajo el mismo techo.

Se levantó y fue a la cocina. Por supuesto, aquélla era la única conclusión lógica del asunto. No tendría por qué haber sido así si Heather hubiera aceptado continuar con la situación tal como estaba, pero, como todas las mujeres, se había empeñado en buscar un significado inexistente a lo que compartían. Sintió una oleada de frustración. No entendía por qué no había aceptado seguir como estaban, pero no lo había hecho, de manera que no le había quedado más remedio que irse. Él no quería ni necesitaba el revuelo que supondría una mujer en su vida... de una mujer alimentando pensamientos de permanencia...

Pero no necesitaría más de un par de semanas para que se le despejara la mente y para superar la marcha de Heather. Hasta entonces se refugiaría en su trabajo... y se ayudaría con algunas citas. Las cosas no tardarían en volver a la normalidad. Como debía ser.

Capítulo 7

ALGUNA vez tenía que salir. Beth había dado aquel consejo a Heather en un tono que no admitía réplica. Ya habían pasado tres semanas, tiempo más que suficiente para que hubiera dejado de suspirar por un hombre que lo único que había hecho había sido utilizarla.

–Ya salgo –replicó Heather, que optó por interpretar literalmente las palabras de su amiga–. Estoy llevando mi carpeta de trabajos a todas las editoriales y agencias de publicidad de la ciudad. De hecho, apenas paro en casa. El lunes tengo una segunda entrevista en la agencia MacBride. ¿Por qué no me ayudas a comprar algo adecuado que ponerme? –añadió, con la esperanza de distraer a Beth.

Pero la respuesta de su amiga fue comunicarle que le había organizado una cita.

–Se trata de mi homólogo en Berlín –dijo, haciendo caso omiso de la expresión consternada de Heather–. He estado con él en un par de ocasiones y es perfecto para ti. Alto, rubio, viajero...

Como siempre le sucedía con su amiga, tras las protestas iniciales Heather acabó aceptando su plan, y el sábado por la tarde estaba de pie ante el espejo de cuerpo entero que Beth tenía en su dormitorio, siendo inspeccionada por ésta como si fuera un microbio bajo una lupa.

Beth asintió, satisfecha, dio un paso atrás y soltó un prolongado silbido de apreciación. Heather podía pensar que la estaba arrastrando a la fuerza a aquella cita, pero lo cierto era que necesitaba salir. Durante las tres semanas pasadas había perdido peso y su carácter normalmente alegre se había apagado. Era cierto que se estaba esforzando en buscar trabajo, pero por dentro estaba tan vacía como una ostra.

Fuera o no Heather consciente de ello, Beth estaba convencida de que su amiga necesitaba salir y pasarlo bien. Sus charlas con ella no estaban funcionando. Cada vez que abordaba el tema de Theo, Heather la escuchaba, pero enseguida cambiaba de tema.

De manera que había que convencerla de que existía vida más allá de Theo Miquel, de que no merecía la pena que siguiera enganchada a él. ¿Y qué mejor modo de convencerla que haciéndole salir con otro hombre?

De manera que Beth había organizado la cita con precisión militar. No le había costado averiguar dónde estaría Theo Miquel aquel sábado por la tarde. Su ruptura con Heather aún estaba caliente, pero él ya había vuelto al terreno de juego. Beth incluso había conocido en una fiesta de abogados a su última adquisición, una morena alta y lánguida que iba del brazo de un colega de Beth que trabajaba para un bufete rival.

Y los fines de semana de Theo con sus mujeres no solían ser especialmente privados y románticos. Aquel sábado en concreto iba a acudir a un sofisticado y caro club de jazz en Notting Hill.

Y lo mismo iba a hacer Heather con su cita. Beth se había ocupado de ello.

–Estás preciosa –dijo con total franqueza–. Tienes un aspecto muy sofisticado. Scott se va a quedar encantado.

–¿Está desesperado por encontrar una mujer?

–Ni mucho menos. Es todo un partido.

–Entonces, ¿cómo es que no lo han atrapado ya? –Heather no tenía intención de atrapar a nadie, pero tampoco le hacía gracia la idea de salir con un ligón. Pensó en Theo, sintió que los labios le temblaban y se esforzó por controlarse.

–Aún no ha encontrado a la mujer adecuada –dijo Beth pacientemente–. Pero es muy agradable estar en su compañía y es un hombre muy amable.

–Theo también era muy amable.

Beth ignoró el comentario de su amiga.

–Esas mechas rubias y cobre te sientan muy bien. Y tus ojos parecen enormes con ese maquillaje.

Heather se miró con desgana en el espejo. Tres meses antes no habría reconocido a la mujer que la miraba desde el espejo, una mujer atractiva y cuyas curvas se habían acentuado gracias al peso que había perdido en las tres últimas semanas. El vestido negro que llevaba no era nada descocado, pero se ceñía a su cuerpo como un guante y, junto con los zapatos de tacón y el cinturón que llevaba a la cintura, le sentaba realmente bien.

Beth, que había insistido en que se reuniera con Scott directamente en el club, la acompañó hasta la puerta sin dejar de darle consejos. También insistió en que la llamara al trabajo a la mañana siguiente para ponerle al tanto de cómo habían ido las cosas.

Para Heather fue un alivio sentarse en el taxi sin tener que seguir mostrándose ilusionada y animada. No sentía la más mínima excitación ante aquella cita.

Apenas nada la excitaba últimamente. Ni siquiera la perspectiva de un trabajo especialmente interesante que tenía al alcance de la mano. Pensaba en Theo constantemente, y no podía evitar preguntarse si él también pensaría en ella.

La perspectiva de pasar varias horas en compañía de un hombre al que no conocía no la atraía especialmente. De hecho, le habría encantado que le diera plantón.

Pero cuando llegó al club encontró a Scott esperándola. Era exactamente como lo había descrito Beth. Alto, de ojos azules, pelo rubio ondulado, y con un rostro cálido y agradable. Cuando sonrió a Heather, ésta le devolvió la sonrisa y se relajó de inmediato al no apreciar la más mínima insolencia ni amenaza en la atenta mirada que le dedicó.

—Había pensado en llevar un clavel blanco por si no me reconocías —dijo Scott mientras la ayudaba a quitarse el abrigo—, pero luego he decidido que habría sido un detalle un poco cursi.

Su voz era tan agradable como su aspecto, y de cerca olía a una delicada y fresca colonia masculina.

—Beth me ha dado una descripción muy detallada —replicó Heather con una sonrisa—. Creo que casi le habría gustado tener una foto.

—Lo supongo —Scott rió de buen humor—. Beth no deja nunca nada al azar. Por eso es tan buena en su trabajo. ¿Habías estado alguna vez aquí?

Sorprendentemente, y tras haber consumido entre ambos media botella de vino, Heather se sentía tan relajada en compañía de Scott que incluso le reveló la causa de las dudas que había sentido a la hora de aceptar la cita.

—Me alegra que me hayas dicho eso —dijo Scott, que tuvo que inclinarse hacia ella para poder hacerse escuchar por encima de la música—, porque yo también acabo de salir de una relación y me lo estoy tomando con calma. Ninguna relación sentimental iguala a un corazón roto.

—Beth no me lo había mencionado...

—¿No? —Scott rió y movió la cabeza—. Me parece que se está tomando demasiado en serio sus habilidades de casamentera.

—Pero lo hace con buena intención...

—Yo no puedo decir que lo esté pasando mal, desde luego. ¿Y tú?

—No —respondió Heather, sorprendiéndose a sí misma—. Yo tampoco.

—Bien. ¡Es agradable saber que no soy el pesado que esperabas! —Scott tomó la mano que Heather tenía sobre la mesa y la estrechó amistosamente.

Scott era la clase de hombre de la que debería enamorarse, se dijo Heather mientras pensaba en Theo. Alguien agradable, alguien que se estaba recuperando de un corazón roto... lo que significaba que tenía un corazón en algún sitio.

Abrió la boca para compartir parte de lo que estaba pensando con Scott cuando escuchó una conocida voz a sus espaldas que hizo que se quedara completamente paralizada.

—Vaya, vaya, vaya...

Heather se volvió y vio a Theo ante su mesa.

Tuvo que parpadear varias veces y trató de retirar su mano de la de Scott, pero éste se la sujetó con firmeza antes de soltarla para ponerse en pie y ofrecer la suya a Theo.

Theo ignoró el gesto de Scott mientras centraba su atención en Heather, que, reacia, se levantó y logró sonreír.

–¡Theo! ¡Qué sorpresa!

–¿Verdad? –contestó él en un tono exageradamente amable–. No tenía idea de que vinieras a sitios como éste. Tenía la impresión de que te bastaba con quedarte en casa trabajando en tus dibujos y viendo seriales en la tele.

Heather se ruborizó. Si Theo había pretendido que pareciera tan aburrida como un lavavajillas, lo había logrado.

–Justo la clase de mujer que aprecio –dijo Scott–. A mí tampoco me gusta demasiado acudir a clubes. Prefiero pasar la tarde con la televisión... aunque lo que más me gustan son los documentales. Me llamo Scott, por cierto.

Nerviosa, Heather hizo las presentaciones, pero fue incómodamente consciente de que Theo no apartaba la mirada de su acalorado rostro.

–Me alegra volver a verte, Theo. Tienes muy buen aspecto. Pero no querría entretenerte.

–Tú también tienes muy buen aspecto –Theo le dedicó una mirada cargada de insolencia–. Bonito vestido.

–Gracias... ¿Estás con alguien? Tal vez deberías volver... –Heather miró a su alrededor, pero el club estaba abarrotado y en penumbra.

–Michelle me espera allí, en una mesa que hay al fondo.

Heather siguió involuntariamente la dirección del escueto gesto que había hecho Theo con la cabeza, y pudo ver a una mujer alta y morena sentada a solas en una mesa, con una copa de champán en la mano y un vestido rojo que dejaba expuesto mucho más de lo que ocultaba.

No esperaba que Theo pasara mucho tiempo solo después de su marcha, pero comprobar la velocidad con que se había movido le produjo una intensa amargura.

De pronto agradeció enormemente estar con Scott, y le alegró que Theo pudiera constatar que ella tampoco se había dedicado precisamente a perder el tiempo.

–Parece sentirse un poco sola, Theo –Heather miró cálidamente a Scott y luego a él–. Te sugiero que vuelvas antes de que alguien te la robe. Este tipo de lugares atrae a los hombres que salen de juerga nocturna, por si no lo sabías.

–¿Hablas por experiencia? –Theo miró a Scott con gesto interrogante.

–Yo no me dedico a merodear en torno a las mujeres –dijo Scott con suavidad a la vez que pasaba un brazo por los hombros de Heather–. Soy demasiado exigente para eso –rió–. De hecho, mis amigos dicen que soy demasiado exigente. Sólo me conformo con lo mejor.

Heather le dedicó una sonrisa de agradecimiento y volvió a sentarse. Scott hizo lo mismo mientras Theo permanecía de pie ante ellos.

–Yo prefiero la variedad –dijo con una sugerente sonrisa–. Pero a cada uno lo suyo. Hace tiempo que Heather y yo no nos vemos, Scott. ¿Te importa que te la robe para un baile? Prometo devolvértela de una pieza.

–Será mejor que sea ella quien lo decida –dijo Scott mientras se volvía a mirarla.

Pero Theo no debía tener intención de mostrarse tan caballeroso, pues no dio a Heather la oportunidad de manifestar su opinión. La tomó de la mano y la condujo hacia la pista sin darle tiempo a protestar.

–¿Cómo te atreves? –susurró Heather mientras sentía que su cuerpo se acaloraba de inmediato al entrar en contacto con el de Theo–. ¡No quiero bailar contigo! ¡Scott está en la mesa y me parece una grosería dejarlo solo!

–No ha parecido importarle –dijo Theo en tono desdeñoso.

Atrajo a Heather hacia sí. A través de la fina tela del vestido que llevaba pudo sentirlo todo. El empuje de sus generosos pechos, la curva de su espalda... Le enfureció darse cuenta de cuánto había echado de menos su cuerpo... y a ella. Se había entregado de lleno al trabajo, e incluso había hecho el esfuerzo de salir con Michelle, una mujer con la que había hablado media hora en una fiesta la semana anterior y que había dado indicios de estar interesada. Pero era la segunda vez que salía con ella y lo dejaba frío.

A diferencia de la mujer que tenía en aquellos momentos entre sus brazos. Podía sentir su deseo en oleadas, y se preguntó si se estaría acostando con su acompañante.

Aquel pensamiento le hizo apretar los dientes.

–¿Cómo estás? –preguntó con voz ronca, desesperado por confirmar que Heather aún lo deseaba.

–Eso ya me lo has preguntado.

–Te lo pregunto de nuevo –replicó Theo, irritado.

–Bien. Ya te lo he dicho. Estoy bien.

–¿Qué has estado haciendo? –la pregunta surgió en un tono exigente y agresivo que puso aún más nerviosa a Heather. Theo sintió que se ponía rígida entre sus brazos–. ¿Te estoy poniendo nerviosa?

Heather pensó en la última conquista de Theo, que probablemente estaría echando chispas en su mesa al ver a su acompañante bailando con otra mujer. Nunca se había creído capaz de adoptar una actitud glacial con nadie, pero en aquella ocasión lo consiguió.

–No seas ridículo. ¿Por qué ibas a ponerme nerviosa?

–Has cambiado.

–La gente cambia –replicó Heather con un encogimiento de hombros.

–No solías ser tan dura –dijo Theo en tono acusador.

–Si por dureza entiendes que ya no me derrito cada vez que te tengo cerca, me tomaré tu comentario como un cumplido.

–¿Solías derretirte cada vez que estaba cerca de ti? –murmuró Theo con interés–. No lo sabía. ¿Te sucedía antes de que empezáramos a mantener relaciones sexuales?

–¡Preferiría olvidar eso!

–¿Por qué olvidar algo de lo que es obvio que disfrutaste?

–Esta conversación es ridícula y no pienso seguir con ella.

Theo la retuvo con fuerza contra sí y la miró a los ojos.

–¿Por qué no? –susurró junto a su oído, y disfrutó con el estremecimiento que recorrió el cuerpo de Heather.

Cuando la pieza terminó y Heather trató de apartarse de él se lo impidió.

–Estoy seguro de que a Stephen...

–¡Se llama Scott!

–Da igual. Estoy seguro de que a tu acompañante no le importará que bailemos una canción más. No me parece la clase de hombre dispuesto a montar un numerito por una tontería como ésa. Aunque tal vez lo haría si estuviera al tanto de nuestra historia...

Heather sabía cuándo estaban jugando con ella. Se esforzó por mantener la compostura y por recordar cómo la había dejado Theo, sin una mirada atrás. Ni siquiera se había molestado en tratar de ponerse en contacto después. Ella le había hablado del apartamento que había libre en el bloque de Beth y Theo era lo suficientemente listo como para haber deducido que estaría allí. De manera que si no se había puesto en contacto con ella había sido porque no había querido. Había retomado su ajetreada vida sin pensar en ella ni un segundo.

–Tú y yo no tenemos ninguna historia –logró decir con firmeza–. Tan sólo mantuvimos una relación falsa que sólo duró unas semanas –con una punzada de culpabilidad, añadió–: Por cierto, ¿cómo está tu madre? Lamento no habértelo preguntado antes...

–Cada día está mejor.

–¿Le has contado lo nuestro?

–No ha habido necesidad.

–Me he preguntado muchas veces cómo estaría. Es una mujer asombrosa, tan llena de entusiasmo, con una mente tan penetrante...

Pero Theo no tenía ningún interés en hablar de su madre.

–Por supuesto que tenemos una historia. Tú y yo no nos limitamos a acostarnos. Compartimos mi casa durante más de un año... y quiero disculparme por haberte acusado de haber tratado de atraparme conscientemente. Como dije entonces, un hombre rico siempre busca motivos ocultos en lo referente al sexo. No tenía idea de que me deseabas antes de que acabáramos en la cama.

Heather bajó la cabeza, ruborizada.

—¿Y bien? —dijo Theo al ver que no decía nada.

—¿No le va a molestar a tu cita que estés bailando conmigo?

—También se va a poner celosa —Theo acercó sus labios al oído de Heather—. Sobre todo si llegara a enterarse de los pensamientos que están pasando por mi cabeza en este instante. Pero tú sí sabes lo que estoy pensando, ¿verdad? Puedes sentirlo... literalmente.

Heather había estado tan concentrada en la conversación que no lo había notado. Theo estaba en un estado de excitación evidente. Sintió una inmediata debilidad al notar su poderosa hombría presionada contra su vientre. Su mente se llenó de tórridos recuerdos...

—¿Estás celosa? —susurró Theo junto a su oído.

—No, claro que no —mintió Heather—. ¿Por qué iba a estarlo? Hace semanas que no nos vemos. Lo nuestro acabó y yo sigo adelante con mi vida. Tengo un nuevo apartamento, un nuevo trabajo y un nuevo novio.

—¿Hace cuánto que sales con Stephen?

—Scott.

—¿Tres semanas?

—Eso no es asunto tuyo.

Heather sintió cierta satisfacción al decir aquello. Era posible que aún excitara a Theo, pero eso no hacía que éste fuera menos reacio a un posible compromiso que cuando le dijo que se fuera de su casa. ¿Acaso creía que podía decir lo que quisiera porque pensaba que ella seguía siendo la pobre tonta que se había colado perdidamente por él? ¿Acaso pensaba que no podía evolucionar?

—No creo que lleves mucho saliendo con él —continuó Theo—. No te pega haber salido de caza en busca de un sustituto nada más marcharte de mi piso.

«Pero tú si lo has hecho», estuvo a punto de replicar Heather, pero no quería hacerle ver lo mucho que aún la afectaba lo sucedido entre ellos.

—Lo que significa que acabas de empezar a salir con él —añadió Theo—. ¿Tengo razón? ¿Te has acostado ya con él? —preguntó con voz ronca... ¡y Heather tuvo la desfachatez de reírse—. ¡Contéstame!

—¿Y por qué iba a contestarte? Ya no formas parte de mi vida —Heather no sabía muy bien de dónde estaba sacando las fuerzas. Aún amaba a Theo, y siempre lo amaría, pero ya habían pasado los días en que permitía que le dictara cuál debía ser su comportamiento. A pesar de que se habían acostado, Theo no había tenido el más mínimo reparo en distanciarse de ella en cuanto se había sentido amenazado por la posibilidad de tener que dar más de sí mismo de lo que quería.

El tema que estaba tocando el cuarteto de jazz llegó a su fin y Heather suspiró de alivio.

—Gracias por el baile —dijo a la vez que se volvía hacia Scott, que la saludó con una mano—. Creo que ya va siendo hora de que vuelvas con tu cita. No parece especialmente feliz.

Y Theo tampoco parecía especialmente feliz. Heather sintió un brote de satisfacción femenina. ¿Acaso había creído que iba a camelarla de nuevo con su encanto sólo porque podía hacerlo?

–Sin embargo, tu Scott no parece nada preocupado –murmuró Theo ferozmente–. Me pregunto qué querrá decir eso...

–¿En serio?

Heather sonrió educadamente al hombre que aún podía hacer latir su corazón antes de alejarse de él.

La sangre de Theo no dejó de hervir durante el resto de la velada. La mujer con la que estaba era todo lo que un hombre podía desear: preciosa, atenta, dispuesta... y no muy lista. Sin embargo, se sentía muy irritado con ella, y más aún consigo mismo porque no parecía poder dejar de mirar en dirección a Heather, que parecía estar pasándolo en grande con su amigo rubio.

En cuanto vio que se iban, se volvió hacia Mitchelle.

–Nos vamos.

Ella pareció inicialmente sorprendida, pero enseguida sonrió seductoramente.

–¿A tu apartamento o al mío?

–Al tuyo –Theo pensó que las cosas debían ir muy mal si no lograba sentirse estimulado ante la perspectiva de meterse en la cama con aquella preciosidad–. Pero esta noche no va a haber sexo. Lo siento, cariño.

Necesitaba volver a su piso para despejar su mente. No habiendo sufrido nunca el poder de los celos, no fue capaz de reconocer lo que le pasaba. En lugar de ello dirigió la fuerza de éstos contra sí mismo, y lamentó haber perdido el tiempo con la mujer que ocupaba en aquellos momentos su mente.

Apenas escuchó las protestas de Mitchelle mientras la dejaba ante el bloque en que estaba su piso.

—Estaremos en contacto —se limitó a decir, consciente de que se estaba portando con ella como un canalla. Apenas le había dirigido la palabra en toda la tarde, y cuando lo había hecho había sido con una completa falta de interés—. Lo siento —añadió en tono culpable—. Esta noche no he sido yo mismo. El trabajo, ya sabes... —dejó que aquella generalización justificara su actitud y vio que la expresión decepcionada de Mitchelle adquiría un matiz de esperanza—. Y las siguientes semanas voy a estar terriblemente ocupado —añadió para frustrar cualquier tentación por parte de Mitchelle de volver a quedar con él en el futuro. Lo que necesitaba era apartarse del sexo opuesto. Sólo daba problemas.

Aquello fue lo que siguió repitiéndose durante los siguientes días, mientras caminaba por sus oficinas hecho un basilisco, apenas consciente de que sus empleados trataban por todos los medios de no cruzarse en su camino.

Averiguar las señas de Heather sirvió en parte para aplacar su mal humor, aunque trató de autoconvencerse de que lo único que pretendía era saber cómo estaba. A pesar de su nuevo y sofisticado aspecto, Heather era una chica vulnerable e inocente, predispuesta a ser atrapada por cualquier descerebrado dispuesto a tomar lo que parecía estar en oferta.

Pensó en sus exuberantes pechos siendo paseados por Londres mientras todos los hombres con dos ojos los miraban, y en lo que Heather, ajena al efecto que ejercía sobre ellos, haría si uno de aquellos mirones decidía que no se conformaba con mirar. ¿Se lo quitaría de encima con su astucia callejera? ¡Ja!

Cuatro horas después de haber conseguido las señas, Theo detenía su coche ante el bloque de apartamentos. Apagó el motor y se tomó unos momentos para pensar.

Por unos instantes se preguntó qué diablos estaba haciendo allí, sobre todo teniendo en cuenta que eran más de las nueve de la noche. Pero entonces recordó cuál era su deber: dar algún consejo razonable a una mujer que conocía... que había conocido íntimamente. Aunque su relación hubiera acabado, como ser humano se sentía obligado a aconsejarla. No podía permitir que su inocencia fuera su perdición.

Un instante después salía del coche y se dirigía con paso firme hacia el portal, donde pulsó el número del piso de Heather.

–¿Sí? –contestó un momento después Heather a través del intercomunicador.

–¿Heather?

Escuchar la grave voz de Theo supuso toda una conmoción para Heather. Aún no se había recuperado de su encuentro en el club de jazz. Se sintió como si acabara de quedarse sin aire y tuvo que sentarse en la silla más cercana.

–¿Sí?

–Tenemos que hablar.

–¿De qué?

–De nada que pueda decirse a través de un portero automático. Déjame entrar.

Heather presionó el botón mientras su mente se llenaba de mil pensamientos. Theo había ido a verla. No había esperado que lo hiciera, pero allí estaba, lo que significaba que su encuentro en el club había servido para hacerle recordar lo que había perdido. ¿Acaso no se había dedicado a demostrarle cómo lo excitaba mientras la pobre chica con la que estaba esperaba en un rincón?

La frágil capa de compostura y seguridad en sí misma con que había logrado hacerse durante aquellos días se esfumó en un santiamén.

Cuando oyó que llamaban a la puerta, su corazón cantó. Y cuando la abrió estaba sonriendo.

Capítulo 8

HOLA, ¿qué te trae por aquí? –Heather se apartó para dejar pasar a Theo.

–De manera que éste es tu nuevo apartamento –dijo él, mirando a su alrededor.

–¿Te gusta? Es bastante pequeño, pero está en una buena zona de Londres. Aún no he terminado de decorarlo. Sólo he colgado un par de mis dibujos.

–Los he reconocido –aquellos dibujos también habían colgado de las paredes del piso de Theo, que se irritaba cada vez que veía el espacio vacío. Evidentemente, se había acostumbrado a verlos allí... lo que venía a demostrar lo malo que podía ser acostumbrarse a algo.

Se asomó al dormitorio, al baño y a la cocina antes de volverse de nuevo hacia Heather, que estaba de pie junto al sofá. Como había imaginado, su uniforme de prendas sin forma había quedado descartado a favor de unos vaqueros y una camiseta que hacía imposible no fijarse en sus pechos.

¡Menos mal que se había sentido lo suficientemente magnánimo como para decidir ayudarla y, como amigo que aún se consideraba de ella, advertirle sobre los peligros del sexo opuesto! Theo sintió un brote de satisfacción por lo desinteresado de su actitud.

–No está mal –dijo–. El apartamento es pequeño, pero no es el típico cuchitril en que son capaces de meterse la mayoría de los solteros.

–Yo no viviría en un cuchitril –protestó Heather, que se ruborizó al recordar el piso que compartía antes de trasladarse a vivir con Theo–. Al menos ahora –corrigió–. ¿Te apetece beber algo? ¿Té? ¿Café?

–¿No tienes whisky?

–Sabes que no bebo whisky –por lo visto, Theo no había ido a verla para arrojarse en sus brazos y decirle que había sido un estúpido por no haberse dado cuenta de cuánto la necesitaba, y Heather empezó a tener dudas sobre el motivo de su visita.

–¿Y vino?

–Sí tengo vino. Ayer tomé un vaso y el resto de la botella está en la nevera.

Heather fue a la cocina mientras Theo se preguntaba con quién habría compartido el vino. Heather no tenía por costumbre beber sola, lo que significaba que debía haber compartido el vino con alguien, y la única persona que surgió en la suspicaz mente de Theo fue el oportunista con que la había visto en el club hacía unos días. Su hostilidad afloró al instante, pero la reprimió rápidamente al recordar su generosa misión de aquella noche.

–¿Has comido? –preguntó Heather por encima del hombro.

–No hace falta que te molestes por mí, pero no, no he comido. He venido aquí directo del trabajo.

–Yo tampoco he comido –Heather sonrió, culpablemente consciente de que no debería estar disfrutando de la compañía de Theo, de que estuviera en su piso. Beth se subiría por las paredes si llegara a enterarse–. He pasado el día recopilando mi carpeta de trabajos para mi nuevo trabajo. Ya los vieron en la entrevista, pero voy a llevarlos de todos modos, para que mi jefe sepa lo que soy capaz de hacer. Beth dice que eso es lo que hay que hacer; asegurarse desde el principio que sepan que tengo potencial para trabajar en lo que quiero. La gente no sabe de qué eres capaz a no ser que hagas sonar la trompeta.

Theo tomó el vaso de vino que le ofreció Heather.

–Tu amiga Beth para ejercer una gran influencia sobre ti –comentó–. Si vas a cocinar algo para ti, puedo compartirlo. Hoy no tengo ninguna prisa.

Heather se moría por preguntarle qué había pasado con Michelle. Si eran una pareja, era extraño que no fueran a pasar la tarde juntos.

–Iba a prepararme algo de pasta.

–Háblame de tu trabajo.

–¿Te apetece un poco de pasta?

–¿Por qué no?

–No quiero presionarte para que la tomes –dijo Heather con un desacostumbrado brote de rebelión–. La salsa va a ser de lata y sé que no te gusta nada que esté enlatado.

Theo frunció el ceño.

–Simplemente porque lo que se cocina en casa suele ser más saludable y más sabroso. La comida enlatada está cargada de conservantes.

–Y, por supuesto, tú siempre has podido permitirte el lujo de no comer nada enlatado...

–No he venido aquí para mantener una inútil discusión contigo sobre las ventajas y las desventajas de comida enlatada –dijo Theo, que tuvo que esforzarse para controlar su irritación–. Ibas a hablarme de tu trabajo –de levantó para servirse más vino y rozó a Heather al pasar junto a ella.

Distraída por el breve contacto físico, Heather olvidó preguntarle por qué había ido a verla, ya que lo había mencionado, y se encontró contándole cómo había conseguido el trabajo.

Mientras charlaba, y como concesión al desagrado que Theo sentía por las latas, troceó unos tomates para añadirlos a la salsa. Le añadió unas hojas de albahaca y un poco de ajo para darle más sabor.

El resultado final parecía totalmente casero, y sirvió una generosa cantidad de salsa con los tallarines.

–Muy saludable –dijo Theo, mirándola con aprecio–. ¿Se trata de una nueva dieta a juego con tu nueva vida? Has perdido peso.

Heather estaba orgullosa de su logro. No pensaba revelarle que su tristeza había aplacado su apetito, y que en el proceso había sucedido algo extraño pero maravilloso: había perdido la ansiedad por comer cosas dulces. De manera que asintió y miró a Theo por encima del borde de su vaso de vino.

–No esperaba que fueras a notarlo –dijo, satisfecha–. Pero sospecho que nunca voy a ser un palillo. Aparte de mi cintura y mi estómago, lo demás sigue como antes.

–Ya lo he notado. Tus pechos parecen tan suculentos como siempre.

Heather se ruborizó y trató de no pensar que aquel cumplido pudiera ser indicio de algo. Pero no pudo evitar que sus esperanzas crecieran.

–No tienes que hacerme cumplidos sólo porque te haya preparado la cena. Además, tienes una novia, y estoy segura de que no le haría ninguna gracia enterarse de que estás sentado en mi cocina haciendo halagos a mi figura.

–Yo no llamaría a Michelle mi novia. Es una mujer con la que he salido en un par de ocasiones, nada más.

–¿Qué ha sucedido? ¿Se ha vuelto demasiado posesiva?

–De momento tengo demasiado trabajo como para dedicarme a cortejar a una mujer –dijo Theo, cuyo plan no consistía precisamente en hablar sobre su vida amorosa.

Heather movió la cabeza en un gesto admonitorio.

–Demasiado trabajo y nada de diversión...

Theo sintió una irritación inexplicable, pero su poderosa lógica le hizo comprender enseguida por qué. Durante el tiempo que Heather había convivido con él, escuchando y obedeciendo dócilmente, nunca lo había cuestionado en aquel tono. Era evidente que había salido del capullo al que él se había acostumbrado y estaba manifestando opiniones que iban más allá de lo aceptable.

–¿Más consejos marca Beth? –preguntó con suavidad y, como había sospechado, Heather se ruborizó intensamente. Él no conocía a su amiga, aunque había oído hablar frecuentemente de ella... normalmente en relación con algún ridículo tema feminista. Evidentemente, Heather se estaba dejando arrastrar por una oleada de «poder femenino» que nada tenía que ver con ella. Lo que demostraba lo crédula que era y hasta qué punto necesitaba que alguien la apartara de los posibles peligros que la acechaban. ¿Y quién iba a hacerlo si no? Desde luego, no su liberal amiga, que probablemente odiaba a los hombres.

–Beth tiene mucha experiencia –dijo Heather a la defensiva–. Tiene contacto con toda clase de gente en los tribunales, y es lógico que haya desarrollado una duro caparazón. Ella no se deja camelar así como así.

–Que es lo que te sucedió a ti, ¿no? –el enfado de Theo con la ausente pero influyente amiga de Heather no hacía más que aumentar.

Al ver el testarudo silencio en que se mantenía Heather, su expresión se endureció.

–No creo que nadie te pusiera una pistola en la cabeza para que trabajaras para mí. De hecho, yo ni siquiera tenía necesidad de ofrecerte ese trabajo, un trabajo muy generosamente pagado, por cierto. Pero siempre podrías haberlo rechazado.

Si había algo que Theo sabía hacer era ganar una discusión, y Heather era muy consciente de que había aceptado su oferta y alimentado el encaprichamiento que sentía por él sin que nadie la presionara.

Enfurecido ante la posibilidad de que Heather lo estuviera viendo en su mente como el «lobo malo», sobre todo teniendo en cuenta que había ido a visitarla por su propio bien, Theo decidió dejar las cosas claras.

–Cuando mi madre se presentó inesperadamente en mi casa y sacó conclusiones erróneas sobre nuestra relación platónica, admito que, por el bien de su salud, te pedí el favor de que no la sacáramos de su error. Pero no te obligué a meterte en la cama conmigo. Jamás te utilicé ni me aproveché de ti. Disfrutamos de lo que teníamos y siempre supiste que yo no era la clase de hombre que se comprometía. Pero no he venido aquí a discutir contigo

Sus palabras fueron como un mazazo para las frágiles esperanzas de Heather, que se levantó y se puso a recoger la mesa, rechazando la oferta de Theo de ayudarla. Cuando se encontró en condiciones de hablar, se volvió hacia él y se cruzó de brazos.

—Yo tampoco quiero discutir contigo. Teniendo en cuenta de que nos conocemos bastante bien, sería una pérdida de tiempo –dijo, en el tono más civilizado que pudo. Pero estaba claro que había malinterpretado el motivo de la visita de Theo. ¿Cuándo iba a aprender? ¿Habría cursos para las personas como ella? Personas que permitían que engulleran su corazón y que luego olvidaban los consejos de sus amigos y de su propia cabeza para poder volver a caer en la misma trampa y ser nuevamente devoradas.

Theo aún no le había dicho por qué había ido a verla, pero empezaba a pensar que debía tratarse de algo terriblemente banal. Probablemente quería que fuera a recoger algo que había olvidado en su piso en sus prisas por irse.

—¿Te apetece un café? Me temo que voy a tener que pedirte que te vayas bastante pronto. Estoy agotada.

—¿Estás saliendo mucho de juerga?

Heather detectó un matiz de diversión en el tono de Theo, y se obligó a sonreír animadamente.

—Entre otras cosas. Ahora que tengo mi propio piso, no veo sentido en quedarme metida en él todo el rato.

—¿Más consejos de tu sabia amiga?

—No está bien que critiques a Beth sin haberla conocido –dijo Heather, que a continuación miró su reloj y luego a Theo.

–Lo había olvidado. Estás agotada –Theo se levantó y flexionó sus músculos–. De acuerdo. Acepto esa taza de café. Todavía tengo que hablar contigo y por algún motivo aún no lo hemos logrado.

–Si quieres ve a sentarte al cuarto de estar y yo te llevo el café –Heather sabía que la presencia de Theo en la cocina le impedía concentrarse, y en aquellos momentos necesitaba hacerlo.

Ella no se sirvió un café... otra indirecta para que Theo se fuera cuanto antes. En su mente no dejaba de surgir la imagen de Beth diciéndole lo bien que había hecho marchándose del piso de Theo y haciéndose cargo de su vida.

Lo encontró sentado en el sofá, ojeando uno de sus libros de arte.

–Si tenías algo que decirme, podías haberme telefoneado –dijo mientras le entregaba el café.

–Tu número no figura en la guía telefónica.

–Oh, sí.

–Y no lograba conectar con tu móvil.

–Se me ha roto. Tengo intención de comprarme uno, pero aún no me he animado a hacerlo.

Theo chasqueó la lengua, irritado. En una época en que dominaba la tecnología, Heather era la única persona que conocía que podía vivir tranquilamente sin un móvil.

–No me sermonees con que tengo que salir a comprarme uno. Estoy bastante a gusto sin tenerlo.

–¿Y si alguien necesita ponerse en contacto contigo?

Heather se encogió de hombros.

–¿Por qué has venido?

Theo sabía reconocer cuando no iba a ganar, de manera que decidió dejar el tema.

–He venido porque al verte en ese club con el tal Sam...

–Scott.

Theo ignoró la interrupción.

–... me di cuenta de lo incurablemente ingenua que eres.

–¿Disculpa? –desconcertada, Heather se humedeció los labios con la lengua.

Theo entrecerró los ojos. Aquél era un ejemplo perfecto de lo que estaba hablando. La mayoría de las mujeres con un poco de experiencia serían conscientes de que el gesto era muy provocativo... ¿pero era Heather consciente de ello? Desde luego que no. Bajó instintivamente la mirada hacia sus pechos y al escote que no pudo evitar ver cuando ella se inclinó hacia delante.

Sintió que se excitaba y tuvo que hacer un auténtico esfuerzo de voluntad para apartar la mirada.

–Mira cómo estás sentada.

Cada vez más perpleja, Heather frunció el ceño.

–¿Cómo estoy sentada? ¿De qué estás hablando? Supongo que no has venido aquí a hablar de mi postura, ¿no? Sé que cuando me siento encorvo la espalda... pero pienso corregirlo en cuanto me compre el móvil.

Theo no captó el intento de broma.

–Cuando te inclinas así se ve prácticamente todo.

Heather se irguió al instante, ruborizada, y se llevó una mano al cuello de la camiseta.

–No tienes por qué mirar –replicó.

–Sería imposible no hacerlo –Theo se apoyó contra el respaldo del sofá y enlazó los dedos sobre su regazo–. O de verdad no eres consciente de las señales que envías con algo tan simple como eso, o me estás mostrando deliberadamente lo que está en oferta...

Heather no podía creer que Theo hubiera llegado a aquella humillante conclusión. Su ego era grande, pero nunca había sabido hasta qué punto. ¿De verdad pensaba que trataba de excitarlo, que estaba tan desesperada por recuperarlo?

Por supuesto que lo pensaba, se dijo, avergonzada. Le había abierto la puerta de su casa dispuesta a perdonárselo todo a cambio de que hubiera vuelto con intención de reconciliarse. Naturalmente, Theo había asumido con su espléndida arrogancia que haría cualquier cosa por recuperarlo. Incluso mostrarle su cuerpo.

Por unos momentos no supo qué decir, pero enseguida notó cómo crecía su rabia.

–¿De verdad piensas que estoy aquí sentada tratando de provocarte? –preguntó con voz temblorosa–. Ésa es la suposición más arrogante... engreída y ridícula que podrías hacer...

Theo se encogió de hombros.

–En ese caso, está claro que no tienes idea de cómo sobrevivir en un mundo lleno de depredadores masculinos...

–¿Depredadores masculinos? –repitió Heather, aturdida–. El mundo no está lleno de depredadores masculinos, Theo. ¡No todo el mundo es como tú!

–Yo estoy muy lejos de ser un depredador –replicó él con una calma insufrible–. Los depredadores se mueven por la necesidad de encontrar y atrapar a su presa. Yo nunca he sentido tal necesidad. De hecho, diría que soy más una presa que un depredador...

Heather se quedó boquiabierta.

–¿Tratas de hacerme creer que eres tan inocente como un niño?

–No. Sólo trato de decir que normalmente son las mujeres las que me persiguen.

Probablemente aquello era cierto... pero no por ello dejaba de ser un depredador de primer orden. Pero, consciente de que aquélla era otra discusión que corría peligro de perder, Heather se contentó con fulminarlo con la mirada.

–Lo que me lleva de nuevo a tu novio...

Heather abrió la boca para negar que Scott fuera su novio, pero volvió a cerrarla de inmediato. Su cita con él había resultado encantadora. Después del club fueron a su apartamento y estuvieron charlando mucho rato. Scott se desahogó hablando de su ex novia, de la que seguía obviamente enamorado, y se despidieron prometiendo mantenerse en contacto.

–Scott no es ningún depredador.

–¿Cómo lo sabes? El modo en que ibas vestida en el club era una auténtica invitación para cualquier hombre sin compromiso. Te estoy diciendo esto por tu propio bien, Heather.

–¿Has venido a sermonearme? ¿Acaso crees que no soy lo suficientemente adulta como para cuidar de mí misma? –Heather se levantó y alargó una mano para que Theo le entregara su taza–. Creo que es hora de que te vayas. No deberías haber venido aquí. ¡No tienes derecho a venir a mi apartamento a tratarme como a una cría!

—Cálmate. Empiezas a parecer un poco histérica.

Heather rió histéricamente y, al retirar la taza de manos de Theo, parte de su contenido se derramó sobre los pantalones de éste. Lo único que lamentó fue que el café se hubiera enfriado, aunque Theo se levantó de un salto.

—¡Y no pienso ofrecerme a lavarte los pantalones! —exclamó—. ¡Te lo mereces!

Aunque no lo manifestó, Theo estaba sorprendido por la muestra de genio de Heather. ¿Dónde estaba la jovencita calmada, atenta y alegre?

—¿Por qué? ¿Por haber sido lo suficientemente decente como para pensar en protegerte?

A pesar de su enfado, Heather se contuvo de gritarle que la única persona de la que necesitaba protección era de él... y sólo porque había sido lo suficientemente idiota como para enamorarse de él. Respiró profundamente para tratar de calmarse

—Ha sido todo un detalle por tu parte —dijo en tono gélido—. Me disculpo por haberte arrojado el café encima, pero no pienso pagar el recibo de la lavandería.

—¡Al diablo con los malditos pantalones! —explotó Theo, que se acercó hasta una pared y se apoyó en ella con los brazos cruzados—. ¡Me da igual si tengo que tirarlos! ¡Me gritas como una loca cuando soy yo el que debería sentirse ofendido! ¡Me has arrojado a la cara mis buenas intenciones!

Heather volvió a respirar profundamente unas cuantas veces.

—Puedo cuidar de mí misma —se cruzó de brazos

en un gesto de autoprotección y notó que Theo la miraba atentamente.

—Un consejo: vigila lo que te pones y asegúrate de no exhibirte como lo estabas haciendo hace unos momentos.

—Lo recordaré. Gracias.

La repentina docilidad de Heather irritó a Theo, que la miró con los ojos entrecerrados. Tal vez estaba tratando de cerrar la verja después de que el caballo ya había huido. De pronto sintió la imperiosa necesidad de saber si Heather se había acostado con su cita, pero no podía achacar aquel interés a su afán por protegerla.

Se acercó lentamente hasta el sillón que ocupaba Heather y se inclinó hacia ella a la vez que apoyaba las manos en los reposabrazos.

Heather sintió que su corazón se desbocaba a causa de la cercanía de Theo y redobló sus intentos de calmarse a base de profundas respiraciones.

—¿Y lo recordaste cuando saliste con tu cita? ¿O imaginaste inocentemente que te estaba hablando a ti, y no a tus tetas?

—No te atrevas a insultarme así —dijo Heather, aunque su tono careció de convicción, pues no podía evitar sentirse hipnotizada por la mirada de los magníficos ojos de Theo.

—¿Acaso pretendes decirme que ese tipo no logró ponerte las manos encima?

—Lo que te estoy diciendo es que eso no es asunto tuyo. Lo cierto es que Scott es un tipo encantador. Me respeta... ¡que es algo más de lo que puedo decir sobre ti!

Theo hizo un sonido despectivo y Heather lo miró con frialdad.

–Scott nunca «hablaría a mis tetas»... que, por cierto, es una expresión realmente repugnante. Supongo que piensas que es un pelele, pero no lo es. ¡Y él nunca me hablaría con desdén!

Mientras contemplaba la expresión de Heather, una nueva emoción se sumó a la hiperactiva mente de Theo. No supo definir de qué se trataba, pero no le gustó.

Empezaba a lamentar profundamente el generoso impulso que lo había llevado a visitarla. Debería haber dejado que se sumergiera en la noche de Londres para luego esperar a que volviera arrastrándose a él. Naturalmente, no lo habría encontrado esperándola, pero habría aprendido una importante lección.

Heather seguía mirándolo con expresión tozudamente cauta y, con un suave gruñido, Theo inclinó la cabeza y la besó.

Sorprendida, Heather cedió por unos momentos al placer que sólo los labios de Theo podían ofrecerle y sintió que su cuerpo se encendía, pero cuando la realidad se impuso unos segundos después lo apartó de su lado de un empujón.

–¿Acaso pretendes mostrarme de primera mano la clase de hombre que debo evitar? –preguntó con voz temblorosa. Se sentía agredida... y terriblemente excitada. ¿Cómo podía traicionarla su cuerpo de aquel modo?

Theo se apartó de ella.

–Tal vez trataba de mostrarte que conformarte con un segundón después de haber estado conmigo no ha sido buena idea.

–¡Puede que yo no quiera ser la segundona! –espetó Heather, trémula–. ¡Puede que quiera ser la primera para alguien! ¿Qué tiene eso de malo?

Por primera vez desde que lo conocía, Heather vio que Theo se había quedado sin saber qué decir. A continuación, sin pronunciar palabra, giró sobre sus talones y salió del apartamento.

Cuando la puerta se cerró a sus espaldas, Heather rompió a llorar desconsoladamente.

Capítulo 9

HEATHER estaba dormida cuando sonó el teléfono. Aturdida, alargó la mano hacia la mesilla y descolgó el auricular.

–Soy yo –dijo Theo desde el otro lado de la línea.

Desorientada, Heather se sentó en la cama y miró el reloj. Estaban a punto de dar las doce. ¡Hacía apenas dos horas que Theo se había ido de allí! Conmocionada, necesitó varios segundos para darse cuenta de que le estaba diciendo algo.

–¿Cómo has conseguido mi teléfono?

–¿Has escuchado algo de lo que te he dicho? –Theo volvió la mirada e hizo una mueca a la persona con la que estaba, que observaba con gran interés todo lo que la rodeaba–. Tu número estaba en un cuaderno que había junto al teléfono y lo he anotado... afortunadamente.

–¿Sabes qué hora es?

Theo reprimió un gemido. Había llegado a casa de un humor de perros y había tratado de superarlo trabajando un rato con su ordenador, pero ni siquiera los retos de su último acuerdo comercial habían podido aplacarlo.

Acostumbrado a tenerlo todo bajo control, no lograba asimilar la falta de control que sentía desde que Heather se había ido de su casa.

Había pasado aquellas semanas diciéndose que era lo mejor que podía haber pasado, y había supuesto que las cosas volverían a la normalidad en poco tiempo... aunque no pudiera evitar pensar en ella de vez en cuando.

Al notar que pensaba en ella más de lo que había anticipado, se dijo que se debía a que Heather había sido algo más que uno de sus habituales ligues. A fin de cuentas, ¿no había trabajado para él y había compartido su casa durante más de un año? Habría sido inhumano si no hubiera sentido algo de añoranza al perder su compañía.

Pero toda su capacidad de razonamiento se había ido por la ventana al verla con otro hombre. Había reaccionado con una furia que lo había dejado perplejo.

Mientras regresaba a su casa aquella noche había analizado la situación con honestidad y se había visto obligado a admitir que su plan de ir a verla para «aconsejarla como buen amigo» no había sido más que una burda excusa. Había ido a verla porque estaba celoso, para averiguar si iba en serio con el otro hombre.

Y, juzgando por cómo se había suavizado la expresión de Heather cuando había hablado de él, no había tenido más remedio que reconocer que, probablemente, la cosa iba en serio.

Y le había parecido muy injusto que Heather le hubiera dicho al irse que no se conformaba con ser la segundona.

¿Cuándo la había tratado él como una segundona? ¡Más bien al contrario! Nunca se había entregado a otra mujer como a ella.

Había pasado semanas regulando su trabajo para poder estar más con ella. La presencia de su madre había influido, desde luego, pero lo cierto era que se había esforzado por llegar a casa antes de lo habitual, e incluso la había acompañado algunas veces al supermercado... algo que no había hecho en su vida.

Pero pensar en todo aquello no le hizo sentirse mejor.

La única verdad de todo el asunto era que la echaba de menos. Su piso parecía repentinamente vacío y abandonado sin ella.

Tras llegar a aquella conclusión, para lo que tuvo que circular por avenidas mentales por las que nunca había circulado, dejó de tratar de concentrarse en su trabajo y abordó la situación desde un punto de vista mucho más pragmático.

Era posible que Heather estuviera saliendo con aquel tipo, y que tal vez encontrara ciertas ventajas en aquella relación, pero, en lo que a él se refería, aquello no suponía más que un mero contratiempo técnico.

Quería recuperar a Heather y lo lograría. Era así de sencillo.

Considerablemente animado por aquellos pensamientos, estaba a punto de irse a la cama cuando habían llamado a la puerta...

Theo volvió a centrar su atención en el motivo de su llamada.

—Sé que no son horas de llamar, pero tienes que venir aquí ahora mismo.

—¿Por qué? ¿Qué sucede? —repentinamente asustada por la tensión que captó en el tono de Theo, Heather encendió la luz de la mesilla de noche.

–Nada que pueda decirte por teléfono.

La mente de Heather se llenó de preguntas. Normalmente, Theo no era un hombre imprevisible. La visita que le había hecho aquella tarde ya había sido bastante imprevisible, pero aquella llamada de teléfono surgida de la nada hizo que su mente se llenara de toda clase de posibilidades preocupantes... incluyendo que Theo hubiera sufrido alguna clase de accidente y se encontrara en mal estado. Tal vez ya había pedido una ambulancia, pero necesitaba su ayuda... o al menos la necesitaba para que vigilara el piso mientras él estaba en el hospital.

–¿Necesitas que lleve algo? –preguntó mientras salía de la cama a toda prisa.

–¿Algo como qué?

–¡No sé! –Heather trató de imaginar qué necesitaría alguien con algún hueso roto–. Hay un botiquín de primeros auxilios en la cocina, en el armario que hay bajo el fregadero –que ella supiera, Theo jamás había abierto aquel armario.

–¿En serio? –dijo Theo, desconcertado–. Gracias, es una información muy útil. Ahora voy a colgar. Asegúrate de venir rápido. De hecho, mientras te vistes voy a enviar a mi chófer por ti. Estará allí en veinte minutos.

–De acuerdo –dijo Heather, y Theo colgó antes de que pudiera decir nada más.

Mientras se vestía a toda prisa pensó que debería pasar por el apartamento de Beth para decirle que no iba a estar en su piso aquella noche, pero la perspectiva de tener que enfrentarse a otro bien intencionado sermón de su amiga le disuadió de hacerlo.

Media hora después Theo le abría la puerta de su

casa. Al ver que parecía estar en perfecto estado, Heather suspiró de alivio.

—Veo que no te has roto ningún hueso.

—¿Disculpa? —preguntó Theo mientras la miraba, perplejo. Se notaba que Heather se había vestido a toda prisa y que no había tenido tiempo de peinarse... lo que le daba un aspecto realmente sexy.

Tras decidir que quería reconquistarla, Theo había llegado a la conclusión de que debía abordarla de forma distinta. Reconocía que, como ella había dicho, no había sabido valorarla, pero tenía intención de rectificar muchos aspectos de su relación con ella, de manera que sonrió cálidamente a la vez que se apartaba de la puerta.

—Estás sonriendo —dijo Heather con expresión suspicaz—. ¿Por qué? No me ha parecido que estuvieras precisamente de buen humor cuando te has ido de mi apartamento. Creía que no querías volver a verme.

Theo se sonrojó. Ni siquiera quería recordar el modo en que se había ido. No había sido nada caballeroso. Afortunadamente, Heather parecía estar pensando en otra cosa, porque de pronto empezó a darle con un dedo en el pecho.

—¡Y veo que no te ha pasado nada malo!

Theo frunció el ceño.

—¿Esperabas que me hubiera pasado algo malo?

Heather estuvo a punto de empezar a protestar por lo preocupada que le había dejado su llamada, pero se contuvo justo a tiempo.

—No pienso pasar hasta que no me expliques por qué me has hecho salir de la cama y venir aquí a estas horas.

—No es la primera vez que te despierto a horas intempestivas –dijo Theo, pensando en las noches en que la había despertado por asuntos de trabajo... o, más adelante, para hacerle el amor.

Heather trató de no dejarse afectar por la sensual sonrisa que le dedicó Theo.

–Eso no importaba cuando sólo implicaba ponerme una bata para ir a tu despacho –entrecerró los ojos–. No me digas que me has hecho venir porque necesitas que te ayude con algún trabajo...

–Todo quedará aclarado en cuanto pases –Theo hizo un gesto con la mano para que entrara–. De hecho, ni siquiera voy a tener que darte una explicación.

Intrigada, pero aún suspicaz, Heather pasó al interior esforzándose por no rozar a Theo.

–De acuerdo. ¿Qué se supone que debo hacer ahora? Es tarde y no estoy de humor para jueguecitos.

–Espera un momento. ¿Te apetece beber algo?

Sin esperar su respuesta, Theo fue a servirle un vaso de vino.

–Ven a sentarte al sofá –dijo tras entregárselo–. Siento haberte despertado –añadió, tratando de mostrarse arrepentido, algo que no le resultaba especialmente fácil–. Yo también estaba trabajando cuando...

–¿Cuando...? ¿Cuando qué...?

Theo no contestó porque no necesitó hacerlo. Heather giró la cabeza para seguir la dirección de su mirada y se quedó boquiabierta.

De pie, en todo su esplendor, se hallaba la hermana a la que no veía desde hacía no sabía cuánto tiempo. Claire apenas había cambiado, aunque su pelo parecía más rubio que hacía unos años.

Una sonrisa de puro placer iluminó el rostro de Heather que, tras la sorpresa inicial, dejó su vaso en la mesa, se levantó y se dirigió a su hermana con los brazos abiertos.

—Claire —dijo mientras la abrazaba. Tras apartarse para mirarla un momento, volvió a abrazarla—. ¡No me has avisado de tu llegada!

Claire sonrió tímidamente.

—Hace muy poco que he decidido venir, y cuando lo hice pensé en darte una sorpresa —carraspeó y miró a su hermana atentamente—. Has cambiado. Has perdido peso, o algo. ¿Recuerdas lo regordeta que solías ser?

Heather se sintió repentinamente catapultada atrás en el tiempo, a la época en que sus papeles habían estado perfectamente definidos, con la bella Claire recibiendo todas las aclamaciones por su físico. Se ruborizó y asintió.

—Si me hubieras avisado con tiempo, habría... te habría preparado una cama. Ya no vivo aquí, pero he alquilado un apartamento bastante cerca.

Claire ya se había sentado en el sofá junto a Theo y estaba mirando a su alrededor con expresión encantada.

—Es una pena. Este piso es una maravilla, como ya le he dicho a Theo al llegar.

Heather parpadeó ante la imagen que tenía ante sí. Su preciosa y rubia hermana, más bonita de lo que ella podría llegar a ser nunca por muchas dietas que hiciera, sentada junto a Theo...

Sintió que se ruborizaba. Los celos estaban tratando de apoderarse de ella, y tuvo que esforzarse para no sucumbir a ellos. Como para añadir leña al fuego, Claire se volvió hacia Theo y empezó a hablar de las maravillas de su piso.

Heather ocupó una silla mientras su hermana seguía hablando, y no pudo evitar notar lo concentrado que estaba Theo en ella. Era todo oídos... y probablemente también ojos, pensó Heather, aturdida.

Cuando finalmente logró hacer notar su presencia, preguntó a su hermana por qué había decidido tan repentinamente ir a Londres. ¿Estaba de vacaciones? ¿Había vuelto para quedarse?

Pero, al parecer, Claire estaba agotada. En lugar de contestar, bostezó delicadamente y luego se levantó y se estiró. Fue un movimiento lleno de elegancia que hizo pensar a Heather en alguna clase de coreografía ensayada... y utilizada para atraer la atención de Theo hacia sus pechos y hacia la porción de liso y moreno estómago que asomó bajo su blusa cuando alzó los brazos.

Reprimió aquel pensamiento y también se levantó.

—¿Dónde están tus bolsas? —conociendo a su hermana, estaba segura de que habría más de una—. Voy por ellas. Lo siento. Debes estar agotada. Iremos directamente a mi apartamento, donde puedes quedarte todo el tiempo que vayas a estar aquí, por supuesto —sonrió, pero la sonrisa fue forzada, y no quiso mirar a Theo por si éste estaba mirando a su hermana. Los hombres siempre lo hacían. Era una reacción natural que no podían evitar—. Será estupendo poder charlar mañana por la mañana, Claire —así estaba mejor. De vuelta a su habitual papel apaciguador, siempre facilitándole las cosas a su hermana—. Tendrás que ponerme al día de lo que has hecho últimamente.

–Querida Heather –Claire dedicó a Theo una mirada de niña ingenua–. Siempre ha sido tan atenta... Sé que yo he sido horrible... –se volvió hacia su hermana con expresión contrita–... que apenas me he puesto en contacto contigo. Pero sabía que no te importaría. Tenía sueños... –añadió en un tono que sugería que Heather era demasiado anodina para tenerlos.

–Yo también tengo sueños, Claire –afirmarse ante su hermana supuso todo un esfuerzo para Heather.

–¿En serio? Bueno... Sólo he traído dos bolsas y, para responder a tu pregunta, sí, planeo quedarme en Londres.

–Qué bien.

–Necesitaré algún lugar en el que quedarme hasta que alquile algo...

–Puedes quedarte conmigo todo el tiempo que quieras... aunque mi apartamento es muy pequeño.

–Será divertido compartirlo... a menos que aparezca algún buen tipo dispuesto a rescatarme –añadió Claire con voz ligeramente ronca a la vez que dedicaba a Theo una pícara sonrisa.

Heather contuvo el aliento mientras esperaba la inevitable oferta de Theo, que no podía haber pasado por alto la elocuente mirada de Claire.

Theo se levantó, asegurándose de que su mirada no revelara el profundo desagrado que sentía, e hizo un gesto con la cabeza en dirección al baño.

–Tu hermana ha tomado un baño al llegar –dijo a Heather–. Supongo que tienes cosas que recoger... –miró a Claire y notó el mohín que transformó su sugerente expresión en la de una niña enfurruñada.

–Montones de cosas. Gracias por recordármelo –dijo mientras se encaminaba hacia el baño.

Theo la contempló pensativamente mientras se alejaba y luego miró a Heather.

–Siento que Claire te haya interrumpido –dijo ella rápidamente–. No había llegado a mandarle un correo electrónico con mis nuevas señas.

Lo cierto era que los correos de Heather a su hermana se habían ido espaciando más y más con el paso del tiempo. Claire casi nunca le contestaba y Heather había acabado por enviarle tan sólo alguno ocasionalmente.

Y, por supuesto, en aquellos momentos se sentía terriblemente culpable. Tuvo que recordarse que ya no eran niñas. Ambas eran adultas, y Claire tenía tanta responsabilidad a la hora de mantener su relación como ella. Pero las costumbres de toda una vida hicieron que Heather se sintiera de pronto hecha un lío. Quería volver a ser la Heather de antes, la que se escondía tras sus ropas, la que tenía un cuerpo poco agraciado que no merecía ser expuesto...

–¿Siempre ha sido así? –preguntó Theo con suavidad, deseando que Heather lo mirara.

Pero Heather siguió mirando al suelo mientras se encogía de hombros.

–¿Cómo?

Theo apoyó un dedo bajo la barbilla de Heather para hacerle alzar el rostro.

–Tu hermana se dedica a afirmar su superioridad ante ti, a hacerte de menos, y no muestra el más mínimo interés por lo que puedas estar haciendo. Hemos tenido una sustanciosa charla antes de que llegaras y me ha hablado de la «pobre» Heather, de cómo se había mantenido siempre en segundo plano, siempre dispuesta a ayudar...

Heather sintió una intensa humillación al escuchar las palabras de Theo.

–No hace falta que sientas lástima por mí –replicó con furia contenida.

–Yo no siento lástima por ti. Eres tú la que siente lástima por sí misma.

Heather retrocedió como si la hubiera abofeteado. ¿Cómo se atrevía Theo a ser tan preciso analizándola? Seguro que Claire había tenido muchas cosas que contarle sobre ella. Se preguntó si se habrían reído a su costa. ¿Le habría puesto al tanto Theo sobre su breve aventura?

–¡Eso no es cierto! –dijo sin convicción–. Y Claire no puede evitar ser como es.

–He visto el baño después de que lo ha utilizado. ¿Cómo vas a vivir con todo eso en tu apartamento?

–¿Es ésa tu forma de decirme que estás dispuesto a hacerme el favor de dejar que se quede aquí? –como un caballo sin riendas, la imaginación de Heather galopó haciendo caso omiso de los obstáculos y se lanzó hacia una conclusión que le hizo sentirse enferma. No podía soportar la idea de Theo y su hermana juntos.

Fuera cual fuese la respuesta que iba a darle Theo, fue interrumpida por el regreso de Claire.

–Mis bolsas están en esa esquina. ¿Serías tan encantadora de ir por ellas? ¡Estoy tan cansada que podría tumbarme aquí mismo y quedarme dormida!

Heather suspiró. No le iba a quedar más remedio que decirle a su hermana que no iba a poder quedarse mucho tiempo en su apartamento. No iba a haber sitio suficiente para el montón de cosas que Claire parecía haber llevado consigo... ¿y quién sabía qué más estaría viajando hacia allí por el Atlántico, con destino a un minúsculo apartamento que apenas bastaba para contener sus escasas posesiones?

—Mi chófer se ocupará de llevaros. Y deja las bolsas, Heather. Él mismo las bajará.

—¿Tienes chófer? —preguntó Claire con los ojos abiertos de par en par.

—Theo es muy, muy, muy rico —dijo Heather con una falta de tacto que la dejó asombrada... aunque cuando miró a Theo vio que éste sonreía.

—Puede que tres «muy» sean demasiados —dijo, divertido.

—Uno nunca puede ser demasiado rico ni demasiado delgado —dijo Claire—. Por citar a alguien —añadió con una coqueta sonrisa mientras Heather los evitaba plantándose con firmeza ante la puerta, con la mano en el pomo.

—Eso dicen —dijo Theo, que a continuación sacó el móvil para llamar a su chófer.

—Gracias de nuevo —dijo Heather cuando Theo y Claire se acercaron a la puerta.

Theo dio la espalda a Claire para inclinarse hacia ella.

—¿Estás bien? —murmuró. Tras haberse pasado la vida viviendo en un solo y manejable plano emocional, estaba resignado a aceptar la variedad de sentimientos que aquella mujer despertaba en él. En aquellos momentos, el afán de protegerla era casi una necesidad física—. Te veré pronto —prometió, y Heather lo miró con expresión incrédula.

—¿Podemos irnos ya? —dijo Claire en tono lastimero.

Theo se apartó de Heather mientras mascullaba una maldición.

–El coche ya estará listo. Bajo con vosotras.

–No hace falta que te molestes –dijo Heather animadamente–. ¡Claire y yo tenemos muchas cosas que contarnos!

Claire aceptó a regañadientes la sugerencia de su hermana, pero la abordó en cuanto estuvieron a solas en el ascensor.

–¡Cielo santo, Heather! ¡No me habías dicho que era un hombre tan guapo y atractivo!

–Si te gusta esa clase de hombres...

–Desde luego. Sé que a ti te gustan más aburridos, pero te aseguro que ése es mi tipo... ¡y si hubiera sabido el aspecto que tenía me habría puesto alguna otra cosa!

Heather se quedó un momento pensando en lo de que a ella le gustaban los tipos aburridos. ¿Desde cuándo dejaba que su hermana se saliera con la suya diciendo cosas como ésa?

–Un momento –dijo unos segundos después, mientras entraban en el coche–. ¿Desde cuándo piensas que sólo me gustan los hombres aburridos? –necesitó hacer acopio de todo su coraje para defenderse y notó que el cuello empezaba a cosquillearle incómodamente.

Esperó a que Claire sacara a relucir su famoso genio, pero se sorprendió al ver que su hermana la miraba boquiabierta y ruborizada.

–No pretendía decir que sólo te gustan los aburridos... Pero... bueno... ya sabes...

–¿Qué es lo que sé? ¿Que sólo un hombre aburrido podría sentirse atraído por mí?

–¡Debes reconocer que los hombres dinámicos y sexys nunca te habrían echado un segundo vistazo en los viejos tiempos! –espetó Claire, y Heather miró con frialdad a la extraña junto a la que estaba sentada. Le habría encantado ponerle al tanto de su aventura con Theo, pero aquello habría sido un abuso de confianza y, ya que parecía evidente que Theo no le había dicho una palabra al respecto, ella tampoco pensaba hacerlo.

–No es que ahora no tengas un aspecto fantástico –concedió Claire–. Lo cierto es que me he quedado sorprendida al verte.

Si aquello era una oferta de paz, Heather decidió aceptarla de inmediato. Claire era la única familia que le quedaba en el mundo... y además, ¿qué sentido habría tenido guardarle rencor?

–Pero volviendo a Theo... ¿hubo algo entre vosotros mientras vivías en su piso y trabajabas para él?

Heather trató de pensar frenéticamente en una mentira que se acercase bastante a la verdad.

–Eso habría sido una locura...

–En ese caso, ¿te importaría que volviera a ponerme en contacto con él? Sólo para darle las gracias por haber sido tan cortés y hospitalario cuando me he presentado en su piso sin avisar. Los hombres pueden ser unos auténticos cerdos. En serio. ¡Se te erizaría el pelo si te contara algunas cosas de las que me han pasado!

–Bueno, no...

–Me alegro –dijo Claire de inmediato–, porque Theo está fuera de tu alcance... y no pretendo decir esto como un insulto, Heath. Admito que ha sido una tontería decir que sólo puedes atraer a tipos aburridos, pero lo cierto es que Theo es un auténtico dios del sexo, y los dioses del sexo no miran a... a chicas como tú.

–No, no lo hacen. Miran a las chicas como tú –y tal vez Claire tenía razón después de todo, pensó Heather. A fin de cuentas, Theo no había tardado mucho en cansarse de ella. La realidad seguía siendo un cubo de agua fría que no podía evitar. Sin duda, Claire era franca hasta el punto de la grosería, pero la verdad era la verdad.

Durante el resto del trayecto se dedicó a dar distraídamente las respuestas adecuadas mientras su hermana se dedicaba a especular sobre sus posibilidades con Theo.

Los Estados Unidos se habían hecho cargo de la arrogancia de Claire y la habían transformado en un arma letal. Heather tuvo visiones de su hermana desmantelando gradualmente la confianza en sí misma que tanto le había costado alcanzar y tuvo que poner freno a su imaginación.

Pero cada vez le costaba más recordar los motivos por los que en otra época admiró a su deslumbrante hermana, los motivos por los que se mostró tan leal a alguien que en aquellos momentos le parecía totalmente superficial y un tanto cruel.

Capítulo 10

HEATHER estaba en medio de su diminuto cuarto de estar, mirando a su alrededor, consternada.

Había llegado al apartamento con su hermana la noche anterior y, tras un rápido café, se había retirado a dormir. El tema de la cama había supuesto un motivo más de tensión. Claire protestó al ver que le iba a tocar utilizar el sofá, alegando que estaba tan agotada tras su vuelo que merecía pasar al menos la primera noche en la cama.

La antigua Heather habría cedido fácilmente a la pretensión de su hermana, pero la nueva Heather sabía que acceder habría supuesto sentar un precedente del que luego habría sido difícil dar marcha atrás. De manera que se mantuvo en sus trece e incluso se negó a preparar el sofá. En lugar de ello entregó a su contrariada hermana las sábanas y una manta y le dijo tan educadamente como pudo que se ocupara ella de preparárselo.

Pero Claire no se había limitado a preparar el sofá. Por lo visto, también había decidido empezar a deshacer su equipaje y, en aquellos momentos, viendo el caos que reinaba en el cuarto de estar, Heather decidió que debía asegurarse de que su hermana se trasladara de allí cuanto antes.

Había ropa amontonada por todas partes, incluso en el suelo. La toalla que había entregado a su hermana la noche anterior estaba totalmente arrugada sobre la mesa de café, al igual que la ropa que llevaba el día anterior, que se hallaba hecha un amasijo a los pies del sofá en que Claire dormía en aquellos momentos como un bebé.

El primer impulso de Heather fue gritar. El segundo, empezar a recoger. Pero no hizo ninguna de las dos cosas. En lugar de ello, se acercó al sofá y agitó el hombro de su hermana con firmeza.

–Vamos, Claire. Es hora de levantarse.

Claire murmuró algo incomprensible mientras se cubría la cabeza con la manta.

Heather respiró profundamente e hizo lo impensable. Tiró de la ropa de cama para destapar a su hermana, que se retorció en señal de protesta antes de sentarse y dedicar a su hermana una adormecida y fulminante mirada.

–Son las nueve –dijo Heather con calma–. No puedes seguir durmiendo aquí. Para empezar, hay que recoger la habitación –miró a su alrededor sin ocultar su irritación–. Ya te dije anoche que mi apartamento es muy pequeño; no pienso vivir en medio de este caos, y tampoco pienso dedicarme a ir detrás de ti recogiendo...

–¡Yo no te he pedido que lo hagas!

–Porque asumes que lo haré. Pero no pienso hacerlo. Y tampoco vas a poder quedarte aquí indefinidamente haciendo lo que te venga en gana hasta que aparezca algo mejor.

–¡Mamá se llevaría un disgusto si escuchara lo que me estás diciendo! –protestó Claire, ya completamente despejada.

–Es posible –Heather pensó que, muy probablemente, su madre se sentiría orgullosa de ella–. Pero sólo estoy estableciendo algunas reglas.

–¡Tú y tus reglas! –Claire se puso en pie, furiosa. En el pasado, casi siempre solía salirse con la suya a base de rabietas.

Heather recordó arrepentida hasta qué punto había contribuido ella a alentar el egoísmo de su hermana a base de ceder para evitar confrontaciones.

Mientras su hermana se ponía a recoger a regañadientes, ella fue a la cocina a prepararse su desayuno. Tampoco estaba dispuesta a ponerse a cocinar para su hermana, que era muy maniática con sus hábitos alimenticios y dada a quejarse de lo que le daban.

No era de extrañar que Theo hubiera sentido compasión por ella. Había calado a Claire desde el primer minuto y había supuesto que iba a ser una cruz para ella.

–¡No me has preparado el desayuno! –Claire apareció en el umbral de la puerta de la cocina y se cruzó de brazos–. Si vas a ser así de desagradable conmigo, más vale que me vaya ahora mismo. Pensé que te alegraría verme, pero está claro que no es así.

–Claro que me ha alegrado verte, Claire, pero no tanto como para cederte el control sobre mi apartamento. Además, ¿dónde irías? –Heather suspiró–. No entiendo por qué te has ido definitivamente de los Estados Unidos. Pensaba que te lo estabas pasando en grande allí. Creía que era la clase de lugar en que «cualquiera con la suficiente ambición triunfa». No como en Inglaterra, un país «demasiado pequeño y estrecho de miras».

Claire parecía incómoda escuchando sus propias

palabras en boca de su hermana. Finalmente se encogió de hombros y entró en la cocina para revisar el contenido de la nevera. Luego se sentó en una de las sillas y empezó a prepararse un sándwich con mantequilla y mermelada directamente sobre la mesa, sin utilizar un plato. Su sedoso pelo rubio caía en torno a su rostro como una cortina y rozaba sus morenos y delgados hombros.

—Siempre podría acudir a tu amigo Theo para que me acogiera —su rostro adoptó la expresión de alguien haciendo unos rápidos cálculos mentales—. Supongo que me dejaría quedarme en su casa, ya que te conoce y te estaría haciendo un favor...

—¡No puedes hacer eso! —exclamó Heather, ruborizada, y Claire le dedicó una sagaz mirada.

—¿Por qué no? ¿Acaso no crees en pedir favores a los amigos? ¿O se debe a que estás un poco celosa? —sonrió y simuló mostrarse inocentemente sorprendida mientras Heather la miraba en silencio—. ¡Lo sabía! Pensé que tal vez habría habido algo entre vosotros, aunque eso habría sido ridículo... ¡lo que significa que debes haber estado encaprichada de él!

Heather sintió que toda la seguridad en sí misma alcanzada durante aquellas semanas se le escapaba de las manos. En un esfuerzo por conservarla, alzó la barbilla y preguntó con firmeza:

—¿Por qué te parece tan ridícula la idea de que hubiera habido algo entre nosotros?

—Porque, para empezar, no habrías sido capaz de guardarte algo así para ti misma.

—No quiero mantener esta conversación.

Heather se levantó bruscamente y dio la espalda a su hermana para dejar de ver su expresión burlona.

Una oleada de rabia y frustración atenazaron su garganta. Primero, Theo había demolido su vida, y ahora allí estaba Claire, rebuscando entre los escombros.

En aquel momento sonó el timbre de la puerta. Heather nunca se había alegrado tanto de oírlo sonar. Fue a abrir con una sonrisa, suponiendo que sería su amiga Beth, pero se quedó boquiabierta al ver que se trataba de Theo.

Al ver su tensa expresión, Theo supo que había hecho lo correcto acudiendo a verla. Le entregó el ramo de rosas rojas que llevaba en la mano y pasó al interior... para encontrarse con Claire, que, juzgando por la sonrisa que iluminaba su rostro, no parecía sentirse especialmente avergonzada por encontrarse vestida tan sólo con una estrecha camiseta y los diminutos pantalones cortos que había utilizado para dormir.

–Estábamos hablando de ti –dijo Claire con evidente satisfacción. Fue hasta el sofá, donde se sentó con las rodillas dobladas–. Ha sido todo un detalle por tu parte traernos flores. Me encantan las rosas. Son mis favoritas.

Theo se esforzó por ocultar su desagrado. No sabía de qué habrían estado hablando las hermanas, pero Heather parecía bastante angustiada. Se las había arreglado para escabullirse y pudo atisbarla en la cocina, ocupándose de las flores.

–Ven a sentarte a mi lado –Claire palmeó el sofá a su lado, pero Theo la ignoró–. Tengo un pequeño favor que pedirte –continuó mientras Heather regresaba al cuarto de estar–. Heather no ha dejado de protestar desde que he llegado –dijo, haciendo un atractivo mohín–. No puede soportar el desorden... aunque ya he recogido mi ropa –enrolló un mechón de su sedoso pelo en un dedo y movió los dedos de los pies–. ¿Hay alguna posibilidad de que me acojas en tu piso un par de días...? –inclinó la cabeza juguetonamente a un lado, como si fuera un precioso gatito perdido que necesitara ayuda.

Heather apretó los dientes y se preguntó qué estaría pasando por la cabeza de Theo. Aún se estaba recuperando de la conmoción de verlo, y empezaba a preguntarse por qué se habría presentado con un ramo de rosas. ¿Acaso se habría dejado seducir ya por los encantos de su hermana?, se preguntó, celosa.

–Creo que a Heather no le parecería bien el arreglo –dijo Theo, que se situó tras ella y apoyó las manos en sus hombros.

El cerebro de Heather dejó de funcionar de inmediato. Sólo era consciente de las manos de Theo masajeándole los hombros, de la calidez de su aliento en su pelo.

La coqueta expresión de Claire dio paso a otra de evidente confusión.

–No entiendo qué tiene que ver Heather con eso –dijo tras recuperar el aplomo–. Además, te equivocas. Heather no me quiere aquí –su labio inferior tembló teatralmente–. Prácticamente me ha echado.

–Juzgando por el estado de caos reinante en el cuarto de estar –dijo Theo mientras miraba a su alrededor–, no me sorprende.

–No es tan terrible como parece... ¡y nunca se me ocurriría desordenar así tu piso! –aseguró Claire, ansiosa–. De hecho, más o menos estoy buscando trabajo. Podría ocuparme de hacer lo que hacía Heather cuando trabajaba para ti. Y... –Claire dedicó una sonrisa de triunfo a su hermana–... no tendrías que preocuparte por la posibilidad de que te avergonzara encaprichándome de ti...

Intensamente ruborizada, Heather rogó que la tierra se abriera a sus pies y la tragara. A Claire siempre se le había dado bien utilizar trucos sucios para obtener lo que quería, y en aquellos momentos quería a Theo... y su piso.

Theo se apartó de ella y se encaminó hacia la ventana, obligando a Claire a torcer el cuello para mirarlo.

–Me parece que no has captado el mensaje, Claire –dijo con frío desdén–. No vas a alojarte en mi piso.

Claire se quedó momentáneamente boquiabierta, y Heather casi sintió lástima por ella.

–No se lo has dicho, ¿verdad, querida? –añadió Theo.

–¿Qué no le he dicho? –preguntó Heather, desconcertada.

–No le has hablado de nosotros... –Theo sintió una intensa y dulce satisfacción mientras avanzaba hacia Heather. Por la expresión de Claire, parecía que acababan de darle un mazazo.

Pasó un brazo por los hombros de Heather y la estrechó contra su costado, sorprendiéndose al no notar ninguna resistencia.

–¿De vosotros? –Claire los miró con expresión perpleja–. ¿Qué pasa con vosotros?

–Que estamos comprometidos.

Heather se quedó horrorizada al escuchar aquella mentira, pero por unos maravillosos instantes disfrutó del raro espectáculo de ver a su hermana atónita. Se había puesto totalmente pálida y sus esfuerzos por hablar dieron como resultado unos balbuceos ininteligibles.

A través de la bruma de sus confusos pensamientos oyó que Theo seguía hablando y que manifestaba su sorpresa por el hecho de que no hubieran compartido aquella confidencia.

Un instante después Claire se puso en pie, corrió al baño con unas prendas de ropa en la mano y salió unos momentos después para marcharse del apartamento sin ni siquiera despedirse.

Heather estuvo a punto de dar las gracias a Theo por aquel momento de poco caritativa satisfacción... algo que sabía que estaba mal. Pero, a fin de cuentas, sólo era humana, y a Claire no le vendría mal descubrir que su hermana no era la completa mema que parecía pensar que era..

En lugar de ello, se apartó de su lado y se volvió hacia él con los brazos cruzados.

—¿Cómo se te ha ocurrido decir eso?

—No me digas que no has disfrutado viendo la cara que ha puesto tu hermana —contestó Theo, aunque lo cierto era que no sabía qué lo había poseído para decir aquello. ¿Por qué lo había hecho? ¿Y por qué no sentía ningún deseo de retractarse?

—Eso no tiene nada que ver —protestó Heather—. ¡No tienes derecho a presentarte aquí en misión de rescate! —se sentó en el sofá y abrazó un cojín contra su pecho mientras se esforzaba por contener las lágrimas—. Has sentido lástima de mí, ¿verdad? La pobrecita Heather no es capaz de cuidar de sí misma ni de controlar a su hermana.

Theo también se sentó en el sofá, pero cuidando de mantener las distancias.

Al ver que no respondía, Heather se volvió a mirarlo, pero enseguida apartó la vista. Algo en la mirada de Theo le hizo contener el aliento. Ya no se fiaba de la reacción que pudiera tener en su presencia. Se había entregado completamente a él y en su ingenuidad se había visto bruscamente apartada de su lado. No pensaba cometer el mismo error en dos ocasiones... aunque su expresión estaba haciendo que deseara arrojarse entre sus brazos.

–No puedo creer que estés dispuesto a montar de nuevo esa farsa –dijo con voz temblorosa.

–Hacerlo sería una locura.

–Claire no va a desaparecer convenientemente, como tu madre. Va a seguir por aquí y no va a parar de hacer preguntas que no podré contestar.

–Supongo.

–No tienes derecho a irrumpir en mi vida y ponerla patas arriba –murmuró Heather.

–Yo podría decir lo mismo respecto a ti –replicó Theo.

Heather le dedicó una mirada fulminante desde su extremo del sofá.

–Yo te facilité la vida. Me aseguraba de que hubiera comida en la nevera, de que el piso estuviera limpio y recogido, de comprar todo lo que necesitabas, y nunca me quejaba cuando me despertabas a cualquier hora para dictarme algún correo que no podía esperar –notó que su voz temblaba mientras hablaba, pero ya no podía más.

–Es cierto.

–¡Haz el favor de dejar de estar de acuerdo conmigo! –protestó Heather–. ¡Si crees que te voy a decir que me ha parecido bien que te hayas inventado esa mentira porque Claire estaba teniendo un comportamiento detestable, te equivocas! ¡No necesito que me salves!

—Eso es cierto. Pero puede que yo sí necesite que me salves a mí.

Heather miró a Theo con expresión confundida. ¿Se trataría de alguna treta? ¿De algo que ella malinterpretaría para arrepentirse después de su error? Pero la expresión de Theo mientras se inclinaba hacia ella estaba llenando su cabeza de pensamientos prohibidos y esperanzas...

—No –dijo a la vez que se levantaba con brusquedad y se acercaba a la ventana para mantener las distancias.

—¿No, qué?

—No me engañes con tus palabras.

Theo se levantó para acercarse a ella.

—Engañarte es lo último que deseo hacer –murmuró–. Si crees que eso es lo que estaba haciendo, te pido disculpas.

—¿Me pides disculpas? –repitió Heather, confundida–. Tu nunca te disculpas, Theo.

—Lo cierto es que la única persona a la que he logrado engañar ha sido a mí mismo –dijo Theo, que no pudo evitar alzar una mano para apartar con delicadeza un mechón de pelo de la frente de Heather–. Cuando vivíamos juntos me engañé diciéndome que el motivo por el que siempre deseaba volver a casa no tenía nada que ver con el hecho de que tú estuvieras allí. Luego nos acostamos y me dije que sólo era sexo, nada más. Cuando te fuiste hice lo posible por aceptar que las cosas debían ser así porque en mi vida sólo había cabida para unas relaciones pasajeras que no alteraran lo importante. Lo que no quería ver era que lo importante eras tú.

–¿Qué estás diciendo? –Heather se esforzó por refrenar sus esperanzas. Cerró los ojos brevemente, deseando que aquel momento no terminara nunca.

–Ya sabes lo que estoy diciendo. He venido aquí para recuperarte. Pero quiero más que eso. No sólo quiero que vuelvas a mi piso, o a mi cama, temporalmente. Te quiero en mi vida para siempre.

–¿Para siempre?

–¿No es eso lo que deseas tú también? –Theo sonrió y Heather sintió que una intensa felicidad se apoderaba de ella.

–Sí, lo deseo. Te quiero. Siempre lo he sabido.

–Y yo también te quiero. Pero soy tan tonto que hasta ahora no me he dado cuenta.

Heather abrió los ojos de par en par.

–No planeaba decirle a tu hermana que estábamos comprometidos –continuó Theo–, pero en cuanto lo he dicho, todo ha encajado en su sitio y he sabido que casarme contigo, pasar el resto de mi vida a tu lado, era exactamente lo que quería. Y ya que me amas... –murmuró con considerable satisfacción masculina–... ¿estás dispuesta a casarte conmigo?

Theo no perdió el tiempo. Cuatro semanas después, las cuatro semanas más felices que podía haber imaginado Heather, se casaban en Grecia, rodeados de familiares y amigos.

Claire fue invitada y asistió a la boda. Volver a equilibrar las relaciones con su hermana iba a llevar tiempo, pero ya estaban en ello. Claire había abierto su corazón a Heather. Había admitido que su aventura en los Estados Unidos había sido un gran error y que se había liado con un hombre casado que la había herido emocionalmente, dejándola mal preparada para descubrir a una hermana que no sólo avanzaba en su profesión, sino que estaba enamorada de un hombre que la correspondía.

Claire se había quedado con el piso de Heather, que se había trasladado con su marido a la casa de campo de éste... el lugar perfecto para criar los hijos que pensaban tener.

En el silencio del dormitorio, tras hacer el amor, Heather miró con adoración a Theo, que dormía con la mano apoyada sobre su costado. Suspiró de puro placer y ajustó su cuerpo de manera que los largos dedos de Theo quedaran sobre sus pechos.

Theo abrió los ojos y sonrió.

–Mujer descocada... –murmuró con voz ronca. Aún le maravillaba sentir que su corazón se henchía de pura adoración cada vez que miraba a su esposa.

Ella le dedicó una pícara sonrisa.

–Tenemos que ponernos en movimiento si queremos llenar la casa de niños...

Bianca®

**La llevó a su dormitorio para disfrutar de ella...
pero no esperaba lo que ella le daría a cambio**

Al rebelde multimillonario Anton Santini le habían asignado alguien que le protegiera, y ese alguien resultó ser la detective Lydia Holmes. Pero, ¿cómo podría una mujer tan seria hacerse pasar por su amante?

A Lydia le resultaba muy difícil mantener su frialdad profesional cuando se encontraba cerca del guapísimo italiano. Al meterse en su nuevo papel, incluso ella quedó sorprendida con su propia belleza. La transformación había sido obra de Anton. Ahora estaba lista para recibir todo lo que él pudiera darle...

Peligro para dos corazones

Carol Marinelli

Acepte 2 de nuestras mejores novelas de amor GRATIS

¡Y reciba un regalo sorpresa!

Oferta especial de tiempo limitado

Rellene el cupón y envíelo a
Harlequin Reader Service®
3010 Walden Ave.
P.O. Box 1867
Buffalo, N.Y. 14240-1867

¡Sí! Por favor, envíenme 2 novelas de amor de Harlequin (1 Bianca® y 1 Deseo®) gratis, más el regalo sorpresa. Luego remítanme 4 novelas nuevas todos los meses, las cuales recibiré mucho antes de que aparezcan en librerías, y factúrenme al bajo precio de $3,24 cada una, más $0,25 por envío e impuesto de ventas, si corresponde*. Este es el precio total, y es un ahorro de casi el 20% sobre el precio de portada. ¡Una oferta excelente! Entiendo que el hecho de aceptar estos libros y el regalo no me obliga en forma alguna a la compra de libros adicionales. Y también que puedo devolver cualquier envío y cancelar en cualquier momento. Aún si decido no comprar ningún otro libro de Harlequin, los 2 libros gratis y el regalo sorpresa son míos para siempre.

416 LBN DU7N

Nombre y apellido	(Por favor, letra de molde)

Dirección	Apartamento No.

Ciudad	Estado	Zona postal

Esta oferta se limita a un pedido por hogar y no está disponible para los subscriptores actuales de Deseo® y Bianca®.
*Los términos y precios quedan sujetos a cambios sin aviso previo.
Impuestos de ventas aplican en N.Y.

SPN-03   ©2003 Harlequin Enterprises Limited

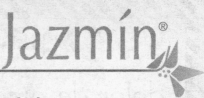

Jazmín®

Regalo de Navidad

Barbara Hannay

Acababa de descubrir que tenía una hija... ahora tenía que atreverse a tener también una familia

Satisfecho con su vida de soltero rico, Hugh Strickland se quedó de piedra al enterarse de que tenía una hija. Aunque quería ser un buen padre para la pequeña Ivy, estaba completamente aterrado. Apenas conocía a Jo Berry, pero le suplicó que lo ayudara a convertirse en el padre que aquella niña sin madre merecía...

A medida que padre e hija iban sintiéndose más unidos, Jo empezó a darse cuenta de que pronto no la necesitarían. Desde luego, la solución ideal sería que se hicieran todos el regalo perfecto de Navi-dad: una familia...

Deseo®

El dolor de amar

Kathie DeNosky

Aterrada de que la poderosa familia de su ex novio tratara de hacerse con la custodia de su futuro hijo, Callie Marshall sabía que había sólo un hombre al que podía acudir en busca de ayuda, su jefe, Hunter O'Banyon. Cuando él le ofreció protección y un nombre para su hijo, Callie aceptó, convencida de que estaba haciendo lo mejor para el niño. Pero entonces probó sus apasionados besos y olvidó que todo aquello no era real...

Había aceptado al hijo de otro hombre... por ella